AOUT.

Ce mois avoit un nom tiré de son rang, savoir S
lis; le Sénat, pour faire honneur à Auguste, qui (
dans ce mois obtenu le Consulat avant l'âge, qui (
triomphé trois fois et subjugué l'Egypte, le no
Augustus; par corruption Août.

Soleil à la ♍, le 23 à 9 heures 50 minutes du soir.

1	vendr.	s. Pierre-ès-Liens.
2	same.	s. Etienne.
3	*Dim.*	Susc. de la ste C.
4	lundi.	s. Dominique.
5	mardi.	s. Yon.
6	mercr.	Transfig. de N. S.
7	jeudi.	ste Victrice.
8	vendr.	s. Justin, Martyr.
9	same.	s. Amour. *V. J.*
10	*Dim.*	s. Laurent, Mart.
11	lundi.	ste Suzanne.
12	mardi.	ste Claire, Vier.
13	mercr.	s. Hypolite.
14	jeudi.	s. Eusebe, *Vig. j.*
15	vendr.	{ ASSO. S. NAPOLÉON.) RÉTAB. DE LA RELIG.
16	same.	s. Roch.
17	*Dim.*	s. Mammès, Mart.
18	lundi.	ste Hélène, Im.
19	mardi.	s. Jules.
20	mercr.	s. Bernard, Ab.
21	jeudi.	s. Privat.
22	vendr.	s. Symphorien.
23	same.	s. Sidoine. *Vig. j.*
24	*Dim.*	s. Barthélemy, A.
25	lundi.	s. Louis.
26	mardi.	s. Zéphirin, Pape.
27	mercr.	s. Césaire.
28	jeudi.	s. Augustin.
29	vendr.	la Déc. de s. J.-B.
30	same.	s. Fiacre.

Phases de la Lune.

☾ Dernier quart. le 7, à 1 heure 29 min. du soir.

● Nouvelle lunele 1, à 6 h. 52 min du matin.

☽ Premier quart 21, à 1 h min. du

☺ Pl. le 29, heures 53 du mat.

LA FAMILLE

DE

NANCY.

LA FAMILLE

DE

NANCY,

OU

LETTRES D'ELIZA ALBERTI.

PAR MADAME SUR.. DE FL..

TOME SECOND.

A PARIS.

CHEZ CHOMEL, Imprim-Libraire ; au Cabinet de lecture, rue Jean-ROBERT, N°. 23 et 26, près la rue St. Martin.

M. DCCC VII.

LA FAMILLE

DE

NANCY.

~~~~~~~~~~~~~~~~~~~~~~~~~~~~~~~~~~~~~~

LETTRE I.

Madame de Florzel à Eliza.

Vous croyez donc, ma chère Eliza, qu'une passion tendre a pu captiver ma jeunesse ? Malheureuse ment votre sagacité a rencontré juste, et je veux répondre, avec confiance, aux questions que vous me faites ; mon attachement pour vous m'empêche de les trouver indiscrètes: puissiez-vous profiter de mon exemple ! .., A quinze ans j'éprouvai, comme vous, cette inquiétude vague, ce besoin de distraction qui annonce que le cœur ne trouve plus son compte à être isolé ; je suivis les impulsions du mien, qui dirigea mon choix. M. de Florzel en fut l'objet : enthousiasmée des qualités que je croyais lui reconnaître, mon attachement prévint son hommage ; trop peu expérimentée pour lire dans le cœur humain, je pris dans Florzel, l'amour-propre satisfait pour l'amour tendre et délicat. J'étais riche, il me demanda à ma famille, qui consentit à une union qui, selon moi, devait me rendre la plus heureuse des femmes. Le prestige fut bientôt dissipé, j'idolâtrais mon mari, mais la possession fut pour lui le signal de l'indifférence, et cette indifférence fit mon suplice : je redoublai de soins, d'attentions, Florzel en parut fatigué, et pour

se distraire de l'ennui que je lui
causais, il porta loin de moi, son
hommage et ses vœux. Cette conduite m'affligea au point de porter
le trouble dans mes idées ; pendant
deux ans ma raison fut aliénée. Du-
rant cette période, l'ingrat Florzel,
insensible à la douleur qu'il m'avait
causé et à l'état affreux, qui était
la suite de son ingratitude, aban-
donna sa victime, pour suivre une
comédienne qui l'avait attaché à
son char, et partit pour l'Allemagne
avec elle. Les soins de ma famille,
et surtout ceux d'une excellente amie,
que j'ai eu le malheur de perdre,
me rendirent à la raison ; je sentis
alors toute l'étendue de mon malheur, toutes mes perquisitions
n'ayant eu aucun succès, j'ignore
encore ce qu'est devenue Florzel,
mais me livrant aux sages conseils
de l'amitié, le tems et la réfléxion
adouciren mes peines ; je quittai

un séjour devenu odieux par les pertes que j'avais faites ; et je vins m'établir à Nancy. La connaissance de madame votre mère me procura des distractions précieuses, j'en profitai avec empressement ; et c'est à cette liaison que je dois la confiance de mon Eliza. Victime du plus tendre attachement, jugez si j'ai frémi, en vous voyant contracter un engagement si nuisible au repos et au bonheur ? Ah, ma jeune amie ! Fasse le ciel que votre carrière ne soit pas semée de chagrins aussi amers que ceux de votre amie ? Aussi tendre, mais moins pétulante que vous, j'ai trouvé dans la raison et la réflexion, des calmans qui ont diminué la vivacité de ma douleur, mais que d'allarmes me cause votre impétuosité qui ne peut supporter de frein ! Voilà, mon Eliza, une esquisse de mes malheurs. Je compte sur votre discrétion : on me

croit veuve, et je ne veux pas détruire cette opinion ; mais j'ai cru
devoir à votre tendresse et à votre
confiance une juste réciprocité, per-
suadée que vous n'en abuserez pas.
Adieu.

DE FLORZEL.

LETTRE I

Solignac à Eliza.

J'AI beau vouloir suivre tes conseils, ma chère amie, la société ne
m'offre que des distractions peu agréables ; ma plus douce occupation,
est de me livrer à mes pensées,
et tu les captives entièrement, ma
chère Eliza. Outre le dessin, j'apprends l'Italien, il me semble que
cette langue, me fournira des expressions plus tendres, et que je dirai mieux combien je t'aime, cette
émulation est bien capable d'accél-
lérer mes progrès. Si tu te sentais
le courage de vaincre les premiè-
res difficultés, bientôt tu serais enchantée de cette étude, et je t'invite

à l'entreprendre. Il m'est arrivé ces
jours derniers une anecdote qui jus-
tifie ton opinion sur la présidente.
A la suite d'une fête que le colonel
avait donnée, cette femme, oubliant
toute retenue, fit en sorte de me
forcer à lui offrir la main pour la
reconduire ; soumis aux usages,
mais enrageant de bon cœur, je
me résignai à l'accompagner : arrivés à sa porte, elle insiste, malgré mes refus, pour me faire entrer chez elle. Lorsque nous fûmes
dans son appartement, après avoir
épuisé tous les lieux communs sur
le tems, l'ordonnance de la fête,
etc. etc. Elle me fixe, en riant, et
donnant l'essor à sa gaieté, elle
me montre son lit : Voilà un trône,
dit-elle, qui serait jaloux de ne recevoir qu'une seule divinité, si j'a-
vais moins de trente six ans, (elle
en a quarante-cinq), et que vous
en eussiez plus de dix-neuf, (en mi-

naudant), il serait possible que cette
nuit fut consacrée à la folie, que
dirait-on ? ... En vérité, Solignac,
vous devez trouver mes suppositions
bien extravagantes ? J'étais stupéfait
d'indignation ; cependant voulant
cacher sous le voile du sarcasme
tout le mépris que j'éprouvais, je
m'approchai de ce lit odieux, et
mettant un genou en terre, de ma
voix rauque, je lui parodiai ce
couplet :

O lit charmant, où ma Myrthé
Dort en paix, quoique sans défense,
Temple secret de la beauté,
Vas, ne crains rien de ma présence,
Je puis goûter la volupté,
Mais... dans les bras de la décence.

Et prenant brusquement mon cha
peau, je sortis, en faisant un profond salut, laissant la présidente
aussi étonnée que confondue de l'à-
propos que ma mémoire m'avait
fourni. Que ne puis je, mon Eliza,

te faire un sacrifice qui soit plus
digne de toi. Rien ne me parait plus
propre à écarter toute idée de volupté que de voir des femmes oublier la pudeur, cette vertu si tou-
chante, et qui est leur plus séduisant apanage. J'ai pensé que cette
aventure t'amuserait, et je ne te
la raconte que dans cette intention.
Quelle différence, ma bonne amie,
de l'impression qu'on éprouve auprès d'une femme honnête et dé-
cente ? L'une inspire le désir tem-
péré par le respect, on la considère
comme la divinité de qui l'on
attend les plus délicieuses jouissances ; mais, en même tems, une
voix secrète semble dire qu'il ne
faut pas profâner l'autel où l'on veut
offrir son encens. Les femmes qui
osent provoquer elles-mêmes nos
hommages, n'inspirent au contraire
que le dégoût ; et si un instant d'illusion leur fait remporter une vic-

toire aussi humiliante pour le vain-
queur, que pour le vaincu, le mépris succèdant bientôt à l'erreur,
les replace dans la classe à laquelle
elles se sont assimilées.

Pardonne-moi, chère Eliza, de
t'entretenir aussi long-tems de choses que tu ne peux sûrement pas
concevoir, mais je suis si indigné
contre cette présidente, que je n'ai
pu m'empêcher de te communiquer
toutes les réflexions que sa conduite
m'a inspirées, tu réunis les droits
de l'amitié à ceux de l'amour, et
c'est un besoin pour ton ami de
te dire ce qu'il pense, comme c'en
est un pour ton amant de te ré-
péter qu'il t'adore.

SOLIGNAC.

~~~~~~~~~~~~~~~~~~~~~~~~~~~~~~~~~~

LETTRE III.

Eliza à madame de Florzel.

COMBIEN je vous plains, madame!
En vérité je suis souvent tentée d'ac-
cuser le ciel d'injustice, en voyant
avec quelle rigueur il traite des êtres
vertueux qui devraient réunir toutes ses faveurs. Jugez si vos malheurs ont diminué mes murmures!
Dieu! si Solignac .... mais, non,
c'est impossible, il est trop tendre
et surtout trop franc pour feindre
des sentimens qu'il n'éprouverait
pas. Votre confiance m'est bien précieuse, madame, elle accroîtrait la
mienne ainsi que mon attachement,
si l'une et l'autre étaient encore

susceptibles d'augmenter, je suis fière d'avoir obtenu une preuve aussi importante de votre estime, soyez sûre que je n'en abuserai pas. Je reçois souvent des lettres de Solignac, toujours tendre et confiant il semble que son éloignement ne fait qu'augmenter son amour pour moi. Que mon existence sera heureuse, si jamais une union indissoluble vient couronner notre attachement !

Vous aimez trop que je vous rende compte de ma manière d'être avec maman, pour que je ne vous en fasse pas le détail. Nous vivons à merveille à présent, sa bonté l'a engagée à se dépouiller de cette autorité qui nuit à la confiance encore plus qu'à la tendresse, et j'oublie qu'elle a l'empire d'une mère, pour me rappeller qu'elle a toute l'indulgence d'une amie. J'ignore si maman trouve autant de douceur

que moi, à ce changement ; mais
je la laisse lire dans les plus secrets
replis de mon ame, et loin d'éprouver comme auparavant de la répugnance à lui montrer ce que j'é-
cris à Solignac, j'éprouve toujours
du plaisir à prévenir ses désirs là-
dessus. Quelle différence de cette
douce intimité avec la contrainte
qui régnait entre nous ? Je sens bien
à présent la vérité de ce que vous
m'avez dit, madame, que la tendresse d'une bonne mère était le
plus beau présent que le ciel puisse
nous faire. Nous devons bientôt aller à la campagne, quoique je ne
l'aime pas trop, la situation de mon
ame me la fait désirer; la solitude
convient à la rêverie, et penser
à Solignac, est le plus grand plaisir que mon ame puisse éprouver.
Je m'y livre entièrement, cependant l'amitié n'est pas le senti-

ment qui me fait éprouver le moins
de douceur , surtout lorsque je
pense que j'ai le o nheur de le
partager avec vous.

ELIZA.

LETTRE IV.

Eliza à Solignac.

C'est au milieu des bosquets que je t'écris , mon cher ami ; semblable à la tourterelle qui roucoule souvent les ennuis de l'absence, j'entretiens les échos de mes regrets. Tes lettres viennent me dédommager , mais que le papier est froid ! Il me semble de même que les témoignages de ma tendresse quelque vifs qu'ils soyent s'attiédissent en route ; crois' qu'ils sont bien au dessous du sentiment qui les dicte. L'anecdote que tu m'as racontée augmente mon indignation contre ton abominable présidente. Est-il possible que des femmes s'avilissent et se dégradent à ce point ? J'aime à croire pour

notre honneur qu'elles sont ra-
res. J'ai été enchantée de ta réponse,
on ne doit pas de ménagemens à
celles qui se manquent à ce point ;
mais je redoute les suites de la méchanceté de cette femme. N'a-t-elle
aucun moyen de te nuire ? Prends-
y garde, mon cher cousin ; je n'ai
pas encore acquis une connaissance
bien approfondie du cœur humain,
mais j'en ai vu assez pour être convaincue que quelqu'un qui s'est mis
dans le cas de recevoir un pareil
affront, ne le pardonne jamais. C'est
ajouter l'injustice à des torts réels,
mais telle est la faiblesse de notre
nature. Je suis de ton avis, une
pareille conquête était trop peu flatteuse pour se faire un mérite de n'en
avoir pas profité. Nous sommes depuis quelques jours à la campagne ;
je m'y plais beaucoup, parce que
j'y ai plus de loisir pour penser à
toi. Je m'étais amusée à graver ton

chiffre

chiffre sur quelques arbres , puis la
réflexion me fit penser que c'était
une imprudence , et me voilà de
rechef au travail pour effacer ce que
j'avais eu tant de peine à graver ;
mais mon indocile coûteau se refu-
sant à l'intention qui le dirigeait ,
aulieu d'effacer un S , à force de
barrer et contrebarrer y a ajouté
un A. C'est bien pour le coup que
l'imprudence est double ! Mais croi-
rais-tu ma faiblesse, lorsque j'ai vu
nos chiffres ainsi enlacés , il m'a pris
un scrupule de les effacer ; j'ai cru
que ce serait un présage malheureux,
et comme je suis plus superstitieuse
que César, je les ai laissés. L'amour
a réuni cet emblême, c'est à l'amour
à consommer son ouvrage. Le tems
s'écoule bien lentement lorsqu'on est
éloigné de ce qu'on aime ; cependant je soulève avec complaisance
le voile qui couvre l'avenir, il me
semble que le terme de notre bon-

heur est rapproché de deux ans ; puisque voilà déjà deux ans que je te connais : puissé-je ne pas être déchue de mes espérances !

Tu veux, mon ami, que j'apprenne l'italien ; sans doute cette langue est plus tendre, je l'étudierai avec ardeur ; mais *come renderti quanto la tua Eliza ti ama ? Non è il lavorare d'una straniera lingua, non puo essere che colui del amor.* Tu vois, cher ami, que j'ai déjà mis la main à l'œuvre ; tu désirais, et j'ai trouvé tout possible.

Addio il meglio amato.

ELIZA.

LETTRE V.

Solignac à Duroset.

Ton aimable veuve a sans doute des philtres bien puissans, mon ami, puisque malgré ta lettre d'avis l'amitié n'a pas encore joui de tes embrassemens ; cependant je crois que tu serais absolument nécessaire au régiment , c'est non seulement ma cause que je plaide, mais encore les intérêts de ton cousin Beaunoir. Il s'est avisé de vouloir être inscrit sur la liste des courtisans heureux de Josephine ; cette prétention a même fait un bruit scandaleux parce qu'elle a été prédédée d'incidens extrêmement piquans mais le colonel jette feu et flamme;

animosité , comme tu le sais , peut
être extrêmement dangereuse pour
ton cousin , je me hâte de t'en prévenir pour que tu puisse conjurer
'l'orage. Le colonel jure qu'il for-
cera Beaunoir à quitter le service,
quel désagrément pour toi si cette
menace s'effectuait ? Beaunoir a déjà
eu plusieurs querelles de jeu , qui
lui ont fait des ennemis au régiment ,
et le moment actuel servirait la
haine de ceux qui ont perdu beaucoup d'argent avec lui , mais je re-
prends ma narration pour te con-
ter comment ses succès avec Joséphine ont été divulgués. Probablement il n'est que le successeur
de St.-Laurent, qui moins aimable
n'a pas sçu conserver long-tems sa
volage conquête : mais comptant
sur les droits de l'habitude, Saint-
Laurent s'était glissé dans un gré-
nier de ces dames. L'inconstante
Josephine avait apparemment dési-

gné ce jour, pour courronner les
vœux du pétulant Beaunoir , qui
à l'issue de l'assemblée, trouva le
moyen de s'introduire dans la chambre de sa belle, où un vaste pla-
card lui offrit un azile commode
et discret. Josephine veillant ainsi
que ses sœurs, auprès de sa mère,
cherchait à abréger les longueurs de
la soirée, lorsque le maladroit St.-
Laurent fit du bruit dans le grenier : on conçoit des craintes, et
un domestique envoyé à la découverte, ne poussant pas fort loin
ses recherches, et ne trouvant rien,
se contenta de fermer la porte à la
clef, mettant le bruit sur le compte
d'un chat. St.-Laurent espérant que
sa belle viendrait le délivrer, resta
plusieurs heures tranquille, mais
Josephine oubliant l'univers dans les
bras de Beaunoir, ne pensa seulement pas qu'au grenier il existait
un ancien habitué, tout prêt à ré-

péter le même rôle que l'amant
heureux ; à deux heures du matin
après plusieurs legères tentatives
pour se faire ouvrir, St.-Laurent
voyant que personne ne s'occupait
de lui, prit le parti de faire du
bruit, et d'ébranler la porte de sa
prison ; le domestique réveillé par
le bruit, se releva pour prendre
la clef du grenier posée dans la
chambre de Josephine, et vit les
deux amans dans les bras du repos, il les réveille ; la mère arrive, et fait grand bruit pour l'ap-
parence ; mais il fallait aller au
grenier ; et comme la peur gros-
sit les objets, on voulut faire ex-
pier à Beaunoir ses péchés, en le
menant combattre les voleurs, fi-
gures-toi le pauvre diable en ca-
leçon, un pistolet à la main, mon-
tant à l'assaut, escorté par le domestique qui tenait la chandelle ;
et une broche de cuisine ; les dames

se baricc adent dans leurs chambres.; croyant voir une troupe de brigands prête à les livrer au pillage. Enfin la porte s'ouvre, et St.-Laurent voulant éviter d'être reconnu, soufle au plus vîte la chandelle, et veut fuir par l'escalier ; Beaunoir tire au hasard son coup de pistolet, qui heureusement ne tue personne ; le domestique saisissant le fuyard par la jambe, le fait tomber, et s'écrie: je tiens le voleur! Alors les voisins accourent; et la clarté de plusieurs bougies découvre à tous les yeux, le mistifié St.-Laurent. Tu sens qu'il était bien impossible de faire observer le secret aux témoins de cette ridicule scène, et dès le lendemain elle a couru la ville ; mais le colonel toujours épris de sa coquette, a eu la faiblesse de croire ce quelle lui a affirmé, que Beaunoir s'était glissé par surprise dans sa chambre

et avait voulu tenter sa conquête;
pendant son sommeil , que plus
irritée encore que'ffrayée elle avait
eu la force d'appeller au secours,
et ce roman , tout incroyable qu'il
est , a séduit l'indulgent colonel qui
ne pardonne pas à Beauvoir d'avoir
voulu imiter Jason , et d'avoir
ainsi entâché l'honneur de sa maîtresse. Quant à St.- Laurent, comme
il est évident qu'il n'a été coupable qu'en pensée, et en désir , son
absolution n'a pas été difficile à
obtenir. Lorsque la mère a voulu
parler mariage, il a produit des
lettres de l'inconséquente Josephine
qui le justifient du crime de rapt ;
mais il a eu le bon esprit de se taire
en public sur cette aventure ; aulieu que Beauvoir piqué de n'avoir
été qu'en second, s'évertue sans pitié
sur le compte de sa conquête ,
qu'il a abandonné de suite. Adieu,
mon ami, je ne sais si tout le bonheur

heur que tu goûtes auprès de ta
belle veuve est comparable à celui
dont je jouis, lorsque je reçois de
mon Eliza l'assurance que j'en suis
aimé. Tu parles bien légèrement de
tes liens ; s'ils ne sont tissus que par
le plaisir, ils seront de peu de
durée ; l'estime donne bien de la force
à l'amour, j'en acquiers, chaque
jour, la preuve ; elle rend indissolu-
bles les nœuds auxquels elle pré-
side, aussi notre amitié subsistera
toujours.

SOLIGNAC.

LETTRE VI,

Durozet à Solignac.

JE me serais rendu sur le champ,
mon ami, à tes pressantes sollici-
tations, si une chûte de cheval ne
me retenait au lit ; dès que je pourrai supporter la voiture, je retour-
nerai à Toul. Je crains comme toi
que l'escapade de Beaunoir n'ait
des suites fâcheuses, moins encore
du côté du colonel, que de celui
de la famille qui ne demandera pas
mieux que de profiter de l'éclat qui
a eu lieu, pour forcer mon imprudent cousin à completter sa sot-
tise en épousant une femme perdue de réputation. Envain préten-

d-on que la société des femmes ne
peut qu'être utile aux hommes ,
celle des femmes honnêtes , oui ;
mais j'ai remarqué que l'habitude
de voir des femmes sans principes
inspirait aux hommes une idée très-
fausse du sexe , opinion fondée sur
la facilité qu'ils n'ont rencontrée que
trop souvent , et qui les porte à
la jalousie lorsqu'ils sont mariés.

Il est vrai que j'éprouve plus de plaisir que d'amour auprès de ma charmante veuve , mais si elle voulait
accepter pour mari un pauvre diable de cadet comme moi , je me
trouverais très-heureux ; persuadé
que je goûterais dans cette union
tout le bonheur que peut se pro-
mettre un galant homme ; mais le
malheur est qu'une vieille et sevère
tante retirerait à sa nièce toutes ses
faveurs , si elle se doutait le moins
du monde des bontés qu'elle me té-

moigne : en vain je montre les attentions les plus tendres pour les
charmes surranés de cette éternelle
tante ; elle me témoigne de l'amitié
et rien de plus. Un jour ayant
voulu connaître ses dispositions à
l'égard de sa nièce, je témoignai
mon étonnement de ce qu'elle ne
se remariait pas : O , me dit-elle,
ma nièce fera beaucoup mieux de
jouir de la liberté du veuvage, à
moins qu'elle ne trouve un parti
très riche qui la dédommage par
les plaisirs de l'opulence des chaînes pesantes du mariage ; autrement
si quelqu'amoureuse folie lui pas-
sait par la tête, je saurais bien l'en
punir ; mais je connais la raison
de ma nièce, et je n'ai nulle inquiétude à ce sujet. L'explication ne
m'était pas assez fovorable pour
être tenté de la pousser plus loin
Je me contente donc de pester contre

cette sempiternelle, qui a un goût si prédominant pour les richesses. Adieu, mon ami, j'espère être bientôt en état de me réunir à toi.

Du Roset.

LETTRE VII.

Jules Alberti à Eliza.

COMMENT m'y prendrai-je, ma bonne sœur, pour te parler de mes fautes, de mes malheurs et de mon repentir ? Il est cependant indispensable que ma mère en soit instruite, et j'ai pensé qu'en les apprenant par toi, le coup lui paraîtrait moins amer. O', ma pauvre Eliza, je suis perdu ! anéanti ! J'ai perdu ma fortune, je suis à la veille de perdre l'honneur et mon état ; et pour mon supplice la vie me reste encore ! J'ai sans cesse présent à ma pensée le désespoir où je plonge la plus tendre des mères. Est-ce donc là le prix que je devais à sa tendresse ? à ses soins maternels ? Ma fatale passion pour le jeu m'a entraîné dans une de ces infernales maisons ; où s'engloutissent dans une soirée la fortune et l'honneur des familles. J'ai perdu cinquante louis qui étaient tout ce que je possédais , et trente mille francs sur ma parole. Inquiet sur la manière dont je pourrais m'acquitter , je n'ai trouvé de ressources qu'auprès d'un scélérat de juif, qui m'a prêté les trente mille francs , en me fesant faire des billets à ordre, payables dans six mois, pour quatre vingts mille francs. Effrayé de l'étendue de mes engagemens , l'espoir de regagner cette somme m'a reconduit au jeu , où je n'ai fait que multiplier mes pertes. Comment t'avouer , ma bonne sœur , que je dois trois cents mille francs ! J'en suis épouvanté. C'est quatre fois ce que je possède de patrimoine ! Cependant un préjugé atroce me force à quitter le régiment , si je n'acquitte pas des dettes que l'on regarde comme sacrées. Hélas la mort m'aurait déjà affranchi de l'affreuse perspective qui s'offre à moi, si je n'avais craint de combler les chagrins que je donne à ma mère. Il me reste des talens , du courage ; forcé de m'expatrier , je pourrai peut être réparer mes torts par un travail assidu. Enfermé dans ma chambre, livré sans cesse aux plus sinistres pensées, je me suis dérobé même aux regards du respectable M. d'Arson. Il sait sans doute mes malheurs , mais il en ignore peut-être l'étendue. Adieu, ma chère Elisa ; c'est pour bien long-tems que je t'écris: oublie, si tu le peux, un frère coupable , né pour le tourment de sa famille, mais que dis-je? Ah, non ! ne m'oublie pas, remplace-moi auprès de notre bonne mère, console-la des chagrins que je lui cause; et surtout dis-lui bien que peut-être un jour je réparerai les maux que je lui cause, et que je ne conserve la vie que dans cette espérance. Adieu donc encore une fois sœur, famille, patrie, bonheur !. Mes larmes effacent jusqu'au nom de ton frère

JULES ALBERTI.

LETTRE VIII.

M. d'Arson à madame Alberti.

Vous savez peut-être déjà, madame, les tristes évènemens arrivés à M. votre fils, c'est à l'amitié à venir essuyer les larmes que répand sans doute la tendresse maternelle. Un voyage que le bien du service exigeait de moi, a été l'époque fatale où la sagesse de Jules a échoué: Jusques-là je l'avais trouvé toujours docile, et se conduisant d'une manière exemplaire; mais pendant mon absence, plusieurs de nos jeunes gens l'entraînèrent loin des sociétés, où je l'avais présenté, et où il était bien accueilli; son goût et l'exemple décidèrent sa perte. Il joua, perdit, emprunta , rejoua pour s'acquitter ; perdit encore , et la dette s'étant accrue à un point énorme , il s'imagina qu'il n'y avait plus de ressources pour lui ; mais si ma vigilance n'avait pu prévoir ses fautes , mon attachement a su les réparer. Soyez tranquille , madame , Jules conservera son état ; et réparera dans la suite un tort malheureusement trop commun au régiment. J'appris assez à tems ses malheurs, pour en prévoir de plus grands ; je revins sur le champ , à Strasbourg. Le jeune homme roulait sans doute dans sa tête quelqu'équipée , il s'était soustrait à la vue de tous ses camarades, et j'éprouvai les mêmes refus de sa part , lorsque je me présentai à sa porte ; je lui fis ordonner les arrêts ; une heure après , il envoya sa démission au colonel , qui voulut bien me la remettre. Je la renvoyai à Jules avec ces lignes : Tant qu'on a

des amis et les moyens de réparer
ses fautes , on n'est pas absolument
malheureux. An nom de votre mère
et de sa tendresse ! (si mon amitié
n'a plus de droits sur vous ,) je
vous ordonne de garder les arrêts ,
et de jetter au feu votre démission.
Tranquillisez-vous, je m'occupe du
soin d'arranger vos affaires : vous
coûterez de grands sacrifices à votre famille , mais je ne doute pas
qu'elle ne les fasse pour vous sauver
l'honneur, vous conserver votre état.
Le lendemain, je me hasardai à me
présenter à sa porte, il n'osa me
la refuser, et venant à moi, la rougeur sur le front : Je ne suis pas
digne , me dit-il , de tant de bontés , mais ce que vous faites tirera
du désespoir une mère chérie. Je
le consolai, la sévérité aurait été
déplacée dans cet instant, et n'aurait fait qu'augmenter son abattement, je me réserve de l'employer

quand il sera tems. Je lui ai demandé l'état de ses dettes ainsi que les noms de ses créanciers , les juifs y sont pour beaucoup. J'ai déjà intimidé la plûpart de ces fripons ; et je saurai réduire leurs créances à leur juste valeur. Quant à ses camarades , j'ai fait sentir à plusieurs qu'ils se ferait une réputation odieuse en perdant un jeune homme aimé et considéré , j'ai obtenu des remises considérables et des délais ; enfin, madame, je crois qu'avec vingt mille francs nous pourrons acquitter les trois cents mille francs que notre étourdi doit. J'ai heureusement à ma disposition deux cents louis , qui m'ont servi à payer les plus pressés ; je n'ai nul besoin de cette somme , et je vous prie de ne pas vous en occuper ; mais faites - en sorte , si cela est possible , de m'en envoyer encore autant ; et nous aurons deux ans pour payer le reste.

Je crois indispensable de faire changer de régiment à notre coupable
Jules. Je craindrais que cette affaire
n'occasionnât quelques duels, s'il
restait ici. J'ai un ami au régiment
de Toul, qui sur ma recommen-
dation prendra le plus grand intérêt à ce jeune homme. J'attendrai
vos ordres pour faire les démarches
nécessaires à cet arrangement. Vous
ferez bien d'écrire à Jules : mettez
plus de tendresse que de rigueur dans
vos expressions ; mais j'oublie que
c'est à la meilleure et à la plus tendre des mères que j'ose donner ces
conseils ; appuyez, surtout, sur les
sacrifices que vous êtes forcée de
faire ; je lui réserve trois mois de
prison, pour lui faire perdre cette
mauvaise habitude, j'exige sa parole
d'honneur de ne jouer aucun jeu,
pas même ceux de société, pendant
deux ans. Adieu, madame ; j'ai ré-
paré, autant que je l'ai pu, l'étour-

derie bien forte de mon pupile; je
sens combien une pareille brèche va
diminuer votre fortune; mais j'ai cru
ne pouvoir mieux faire que de prendre les moyens de conserver à cet
intéressant jeune homme un état qui
lui servira de ressource.

J'ai l'honneur d'être avec respect.

D'ARSON.

LETTRE IX.

Eliza à Jules.

Dans quelle affliction tu nous a jettés, mon cher frère ! Ne t'abandonne pas néamoins au désespoir, compte sur les ressources infinies que tu trouveras dans la tendresse de notre bonne mère, dans l'amitié de toute notre famille. Oui, mon cher Jules, sois sûr que ta sœur t'aime , te chérit , malgré les chagrins que tu lui causes ; et n'est - tu pas assez malheureux d'avoir des reproches à te faire , sans que nous y ajoutions les notres ? Ce sont des consolations que l'amitié te doit ; tu n'entendras que son langage. Que

ne

ne puis je, mon ami, voler vers toi; essuyer tes larmes, et ramener le calme dont ta pauvre tête a tant de besoin, sois sûr, mon ami, que s'il ne faut pour te tirer d'embarras que ma portion de patrimoine, je t'en ferai volontiers le sacrifice. Ma mère est plus affligée quirritée; tu connais sa sensibilité, elle souffre de ne pouvoir apporter, aussi promptement qu'elle le voudrait, des remèdes à tes maux; elle doit t'écrire aujourd'hui. Tu m'as fait frissonner d'avoir pu discuter l'affreuse idée de combler nos maux et les tiens; ne t'arrête jamais, mon cher Jules, à de si funestes résolutions, tant qu'il te restera le souvenir de ta mère et de ta sœur, pense que c'est assez de leur donner des chagrins cuisans, sans les forcer à pleurer éternellement ta perte. Adieu, il me semble que tes malheurs augmentent encore mon attachement;

quand tu n'avais rien à désirer ;
peut-être oubliais - tu ta sœur, à
présent le chagrin te ramène à elle,
mais quelque soit la cause qui nous
rapproche, soit sûr que ta meilleure amie c'est

ELIZA.

LETTRE X.

Me. Alberti à M. d'Arson.

QUE de grâces n'ai-je pas à vous rendre, monsieur. C'est à vous que je dois un peu de traquillité. Le malheureux enfant a donc donné dans les écarts que je redoutais si fort pour lui ; grâce à votre prudente bonté, il n'a perdu que sa fortune, l'honneur et son état lui resteront. Dans la position où je suis, les sacrifices nécessaires vont bien me déranger, mais le cœur d'une mère ne calcule rien, lorsqu'il est question de sauver son fils ; et je puis dire à la louange de ses frères et de sa sœur qu'il m'ont tous pressée de prendre sur leur por

tion pour venir au secours de Jules.
Tout ce que vous déciderez sur le
changement de régiment sera approuvé; j'ai trop de raisons, monsieur,
d'être convaincue de votre sagesse
ainsi que de votre attachement pour
élever aucune objection contre ce
qu'il vous plaira de faire; j'écris
à mon fils, et je soumets ma lettre
à votre censure. Je joins des lettres
de change pour 4,800 livres, comme
vous le désirez. Je ne saurais trop
vous réitérer l'assurance de mon
attachement et l'expression de ma
reconnaissance.

ALBERTI.

LETTRE XI.

*M*ᵉ. *Alberti à son fils.*

Cʹétait avec la plus vive satisfaction que j'apprenais votre bonne
conduite, mon fils ; vos folies en
ont détruit tout le fruit, je ne m'ap-
pesantirai pas sur le boulversement
que notre fortune en éprouve ; vos
frères se disputant de tendresse fe-
ront volontiers le sacrifice de leur
héritage pour vous sauver l'honneur, votre sœur m'a aussi prié
de prendre sur sa fortune tout ce
qui serait nécessaire pour acquiter
vos dettes, ces détails accroîtront
vos remords et vous n'êtes déjà
que trop malheureux d'être coupable, le sein maternel vous offre en

core son refuge quoique vous le
déchiriez cruellement. Il est encore en
votre pouvoir de réparer par votre conduite à venir des fautes bien
grâves, puisqu'elles nous privent
de l'aisance; mais nous ne nous en
plaindrons pas; votre tendre mère
consentira volontiers à se nour-
rir du travail de ses mains, si
son fils corrigé par une expérience
funeste, marche dans la route du
devoir, sans jamais s'en écarter.
Sans doute mon fils, connaissant votre propre faiblesse, vous n'aurez
pas le sot amour propre de vous
confier à vos forces. M. d'Arson,
cet ami respectable, à qui vous
devez plus que la vie, a tous
mes droits sur vous, je les lui ai
confiés, bien sûr qu'il n'en usera
que pour votre avantage, j'exige
de vous une docilité parfaite à ses
ordres. Adieu, mon fils je ferai
ensorte de ne pas appesantir mes

regards sur le présent, il m'afflige trop douloureusement; j'aime à voir dans l'avenir votre conduite, et je pense que vous ne tromperez pas l'espoir de votre bonne mère.

ALBERTE.

LETTRE XII.

Eliza à Solignac.

LES malheurs se succèdent dans ma famille avec une rapidité qui m'effraye, mon cher ami. A peine Camille nous a-t-il été rendu, que Jules a perdu au jeu trois cents mille livres : un ami de maman a arrangé heureusement cette malheureuse affaire, et je crois qu'il va faire passer mon frère dans ton régiment. Tu sens combien cet évènement affecte ma mère ? Elle qui s'est imposé tant de privations pour donner à ses enfans une bonne éducation, et des états honorables, voit dans ce moment sa fortune considérablement diminuée par la

folle

folle passion que Jules a pour le jeu. Trop généreuse pour accepter l'offre que nous lui avons faite, de prendre sur nos portions ce qui est nécessaire aux arrangemens des dettes de Jules, c'est sur elle que pèsent tous les sacrifices. Bonne et excellente mère ! que d'engagemens sacrés tu nous fais contracter envers toi ! Oui nous devons sans cesse nous occuper de ton bonheur ; cet accident nous a ramenés à la ville, mais nous retournerons bientôt à la campagne, je le désire, y trouvant plus de liberté pour m'occuper de ce que j'aime, ou de ce qui m'afflige ; je ne sais quels pressentimens me tourmentent ? Mais mon imagination couvre tous les objets d'une teinte lugubre, peut-être es-tce l'effet des événemens fâcheux qui nous sont arrivés en si peu de tems ; un mot de toi dissipera, je l'espère, cette noire mélancolie à

Tome II.

laquelle je me sens entraînée malgré moi, car mes chagrins ne peuvent et ne doivent pas tenir contre l'assurance de ton amour. Adieu, mon ami, si Jules passe dans ton régiment, gagne sa confiance et son amitié, aide le de tes conseils, car je suis assez heureuse pour que tu n'aies le goût d'aucune passion qui nuise au repos de ceux dont tu es aimé. L'étude de l'Italien est bien négligée, cependant je n'ai pu oublier cette phrase favorite que mon cœur savait, avant que ma bouche l'eut prononcée. *Che tu è il diletto adorato della tua tenera.*

E L I Z A.

LETTRE XIII.

Jules à madame Alberti.

COMMENT pourrai-je vous prouver à quel point je suis pénétré de vos bontés, ô la plus tendre et la plus indulgente des mères ; c'est à moi que vous laissez le soin de me punir des chagrins que je vous cause ? C'est dans mes regrets, que je trouve cette punition ; et je crois pouvoir vous faire le serment, sans crainte d'être jamais parjure, que ma conduite à venir sera irréprochable. M. d'Arson veut que je passe au régiment de Toul, je lui obéirai, mais j'éprouverai des regrets bien vifs en quittant un mentor qui me traite comme son fils ; il m'a mis en prison pour trois mois, cette punition èst bien légère, en comparaison de mes torts ; et je suis loin d'en murmurer, je vais établir l'économie la plus sévère dans ma dépense ; je souffrirais trop de jouir des superfluités, tandis que vous vous retranchez pour moi jusqu'à votre nécessaire : soyez mon interprête auprès de mes frères et de ma sœur, si j'admire leurs procédés, ils ne m'étonnent pas, lorsque je pense à leur amitié; bien plus heureux que moi, ils n'ont encore contribué qu'à votre satisfaction, je ne me consolerai, que lorsque ma conduite soutenuè vous aura prouvé mes regrets , mon attachement et mon respect.

JULES.

LETTRE IV.

Solignac à Eliza.

Je partage tes peines, ma bonne
Eliza, et voudrais être auprès de
toi pour les alléger ; mais les devoirs de mon état et les ordres de
ta mère m'enchaînent à ma garnison. Que ne puis-je communiquer
à ce froid papier les sentimens brû-
lans dont mon cœur est animé pour
toi ; mais hélas, ce ne sont que
des mots que je trace, et cet assem-
blage de sillables est bien imparfait
pour rendre les sentimens, que j'é-
prouve. J'ai une prière à te faire,
ma chère Eliza, accoutumée à désirer le bonheur de ton ami tu ne
me refuseras sûrement pas ; car un

refus me causerait la peine la plus
vive, mais comment t'expliquer ce
que j'ose exiger de toi ? Nos cœurs
doivent trop bien s'entendre, pour
avoir besoin de ménagemens ou d'a-
dresse, je viens donc au fait. Le
malheur arrivé à ton frère a dû gê-
ner beaucoup notre bonne mère,
et lorsqu'il faut réunir tant d'argent
les plus petites sommes font quelquefois plaisir ; j'ai vingt-cinq louis
en réserve, qui me sont absolument
inutiles ; je te les envoye, chère
Eliza, songe que ta délicatesse doit
être à couvert ; ne serai-je pas ton
époux; alors tout sera en commu-
nauté, et c'est en avance que je
t'envoye ce petit cadeau de nôce.
Pour ne pas te compromettre, j'ai
enfermé la rescription dans une
lettre chargée à l'adresse de ta maman, prévoyant que les formalités
à remplir pour la retirer de la poste,
pourraient t'embarasser.

Ne t'abandonne pas, chère amie,
à des pressentimens qui nuiraient à
ta santé, ainsi qu'à l'heureuse éga-
lité de ton caractère, tu as bien
assez de tes chagrins réels, sans
t'en créer d'imaginaires ; éloigne
donc ces idés, et lorsqu'elles se
présenteront pense à celui qui devra
son bonheur à l'avantage de faire
un jour le tien ; que cette pensée
chasse toute mélancolie. Je me
trouve heureux sous tous les rapports de n'avoir pas la passion
du jeu, elle nuit au bonheur des
autres, et les jouissances qu'elle procure, n'ont rien de satisfaisant
pour le cœur, puisqu'elles sont
achetées aux dépens, de l'honneur, et quelquefois de la vie de
son semblable. Si ton frère vient
ici, je ferai tout mon possible pour
le détourner de ce goût funeste.
Je n'ai qu'une passion, celle de
t'aimer, de te le dire, et de te le

prouver à tous les instans d'une vie qui n'a de prix pour moi, que parceque j'ai l'espoir de te la con-sacrer.

SOLIGNAC.

~~~~~~~~~~~~~~~~~~~~~~~~~~~~~~~~~~~~~~~

LETTRE XV.

Durozet à Solignac.

Il vient de m'arriver, mon ami, une aventure cruelle, qui prouve bien la fatalité de mon étoile ; je t'ai parlé de la maussade tante de ma maîtresse, cette vieille folle ne s'est-elle pas mise en tête que je soupirais pour les beaux yeux de sa cassette ; car, en honneur, elle n'a pu croire que ce fut pour les siens ; et dans un accès de désintéressement qui la suffoquait en ma faveur, elle m'a offert sa main, son cœur, et sa fortune. Imagine, si tu le peux, la sotte figure que faisait ton ami, balbutiant quelques mots de recon-

naissance, de protestations de respect, roulant comme un Nicaise mon
chapeau entre mes doigts, et désirant être au fond de la Cafrerie,
plutôt que dans les bras de cette
maudite vieille. L'embarras était
de répondre de manière à ce
que la porte ne me fut pas fermée,
l'intérêt de mon amour exigeant autant de prudence que de circonspec-
tion, aussi en ai je mis le plus qu'il
m'a été possible, j'ai objecté qu'il
me fallait l'agrément du ministre,
et j'ai produit ta lettre qui néces-
sitait mon prompt retour au régiment, mais entêtée de son ridicule
projet, ma future épouse m'a répondu, que pour son bonheur, il
fallait quitter le service; j'ai op-
posé tous les raisonnemens qu'un
homme enthousiaste de son état pouvait faire, mais il est un vers heureux qui dit avec vérité

Désir de femme est un feu qui dévore.

J'en ai acquis la preuve dans cette
journée, la tante a cru culbuter toutes mes résolutions et mes raisonnemens, en me lançant une œillade
bien amoureuse; l'impression qu'elle
m'a causée n'a pas été assez forte
pour les détruire, et je me suis
retranché sur l'indispensable néces-
cité d'aller passer quelques tems au
régiment, pour voir quelle tournure
prendrait l'affaire de Beaunoir. Elle
y a consenti; c'est beaucoup que
d'avoir gagné du tems; une fois
éloigné je ferai naître des délais, et
peut-être qu'un heureux catharre me
fera raison de mon amante sexagé-
naire. J'ai fait part à la nièce de
la folie de la tante, elle en a ri, et
a fort approuvé les mesures que je
prenais pour concilier nos intérêts
avec ce caprice. D'autres à ma
place se trouveraient heureux, n'a-
yant que la cape et l'épée, d'ac-
crocher dix bonnes mille livres de

rente, à la charge d'être le complaisant époux d'une femme de soixante ans ; mais à part l'attachement que j'ai pour la nièce, je n'ai jamais pu concevoir qu'on puisse s'avilir au point de se vendre, et une pareille union ne pourrait-elle pas s'appeller plutôt une vente, qu'un contrat de mariage ? Lorsque je contracterai des engagemens, je veux les remplir fidélement et en honnête homme ; or je suis trop jeune pour me vouer au célibat, peut-être pendant dix ans, et garder à ma cacochime moitié la fidélité que je lui aurais promise. Aussi j'aime mieux mes mille francs d'appointemens de sous lieutenant et ma liberté, que dix mille livres de rente et une pareille union. Adieu, mon ami, voici la dernière lettre que je t'écrirai; bientôt je serai près de toi.

DU ROSET.

LETTRE XVI.

Eliza à Solignac.

Non, mon ami, je ne te refuserai pas ; autant la reconnaissance est un fardeau envers les gens que l'on n'aime pas , autant c'est un sentiment doux à éprouver , une obligation délicieuse à remplir envers ceux qu'on chérit ; pourquoi rougirais-je de te devoir de l'argent ? Moi qui n'aspire qu'à te devoir bien plus , le bonheur; c'est donc avec plaisir , mon cher Solignac , que je veux te devoir de la reconnaissance en tous genres ; je n'ai jamais conçu qu'on puisse mettre de la délicatesse à refuser

les offres de l'amitié; je crois plutôt que c'est la vanité qui em-
prunte alors les traits de la délicatesse : pour moi j'éprouve le même
plaisir à te voir faire une action
généreuse qu'à la faire moi même.
Maman ne voulait pas accepter ton
offre, mais à force de suplications,
je suis parvenue à l'y décider, elle
voulait aussi t'écrire pour te remer-
cier ; prévoyant que ton amie suf-
firait à tout, j'ai pensé que ta ré-
compense était dans ton propre
cœur, et que tu n'avais pas besoin
de remerciement. Quand je veux lire
dans ton ame, je descends dans la
mienne, et tout ce qu'elle m'inspire,
je t'en fais l'hommage. J'ai souvent
ouï parler de l'attraction et de ses
effets merveilleux, je suis tentée
d'y croire, car il y a certainement
des caractères qui s'attirent par
une simpathie dont il est difficile
de rendre raison ; pourquoi dans

le nombre des jeunes gens que j'ai vu , aucun ne m'a-t-il inspiré de l'intérêt? Et le premier instant qui nous a réunis , me fit éprouver la plus douce sensation ; c'est sans doute que mon ame est à l'unisson de la tienne.

Nous sommes retournés à la campagne ; puisque tu le veux , mon cher ami , je ferai ensorte d'éloigner la tristesse qui m'accable. N'est-tu pas le thermomêtre de toutes mes pensées , de toutes mes sensations ! Je voudrais réunir tout ce qui peut te plaire pour te fixer, t'aimer est mon seul talent , et puisque tu t'en contente , c'est celui que je me plais à cultiver , tout le reste ne m'est d'aucun intérêt. Adieu, le plus chéri des amis , tant que mon cœur battra, ce sera pour toi.

ELIZA.

~~~~~~~~~~~~~~~~~~~~~~~~~~~~~~~~~~

LETTRE XVII.

Madame de Florzel à Eliza.

Pour la première fois, depuis que
nous ne sommes plus ensemble, j'ai
à faire à ma chère Eliza, le reproche d'un peu de négligence.
Serait-ce vos chagrins qui cause-
raient votre silence ? Mais alors,
oublieriez-vous que c'est dans le
sein de l'amitié que l'on trouve les
consolations les plus puissantes ; j'ai
appris les malheurs de Jules, ou
plutôt les vôtres ; je plains votre
bonne maman au-delà de toute expression, et si dans cette occasion
comme dans toute autre, je puis
lui être utile, dites un mot. Ce
que vous m'apprenez de votre tendresse

dresse pour elle, m'assure qu'elle
aura trouvé auprès de son Eliza
des consolations à ses peines ; rien
de si touchant et de si respectable
à mon avis, que cette intimité et
cette confiance qui règne entre vous ;
c'est un palladium assuré pour une
jeune personne ; quel est l'être assez
dépravé pour chercher à troubler
une si douce union ? Et s'il en existait, il ne serait pas assez maladroit pour attaquer celle qu'il saurait être défendue ou protégée par
Minerve, d'ailleurs cette réciprocité
met un grand charme dans le com-
merce de la vie, et je ne puis trop
vous féliciter, d'en avoir enfin senti
le prix.

Depuis quelques jours, il règne
dans la ville une fermentation vrai-
ment inquiétante ; des émeutes ont
eu lieu, il se manifeste un mécontentement dont on ignore l'objet,

car quoiqu'on suppose que cela
tient à la cherté des denrées, il est
facile de voir que ce n'est qu'un
prétexte , puisque le pain est au
prix ordinaire ; ce qu'il y a de
singulier , c'est que les agitateurs
paraissent être dans une classe si
obscure , qu'il est impossible qu'ils
ne soyent pas des marionettes mi-
ses en jeu par des gens qui se ca-
chent très adroitement derrière le
rideau. Chacun est consterné , la
tranquillité étant le premier des
biens , il est naturel de craindre
de la perdre ; je vous traite en
personne instruite ; vous parler
politique , serait une gaucherie im-
pardonnable, si comme tant d'autres femmes , mon Eliza ne trouvait d'intérêt que dans les modes
du jour , alors je devrais vous envoyer le bulletin des costumes, au
lieu de celui des nouvelles , mais
la conviction où je suis que le sé-

rieux n'est pas au-dessus de ma jeune amie, m'engage à entrer dans ces détails; cependant quoique toute occupée des évènemens du jour, je me garderai bien de laisser en blanc un certain chapitre toujours propre à fixer votre attention ; comment va l'attachement du cher Solignac ? Le votre ? Le tems et l'absence opèrent-ils leurs effets ordinaires ? Non que je croye à votre légèreté, mais je désire savoir seulement si cet enthousiasme, ce délire brulant, existe toujours. Je vous charge, mon cher cœur, de faire partager à votre maman les sentimens que j'ai pour toutes deux et qui sont ceux de la plus tendre amitié.

DE FLORZEL.

LETTRE XVIII.

Réponse d'Eliza.

JE me suis presque mise en colère en lisant vos questions, madame ; et si je n'avais trouvé le correctif dans l'assurance de votre tendresse, vos doutes m'auraient fait bouder tout de bon. Quoi, vous pouvez penser que j'aime moins Solignac ? Chaque jour j'acquiers de nouvelles raisons pour l'aimer d'avantage, son excellent caractère, la bonté de son cœur, la régularité de sa conduite, tout confirme qu'en m'attachant à lui, j'ai choisi l'homme qui pouvait me rendre heureuse ; en vérité, vous êtes bien cruelle d'avoir

pu me faire une pareille demande ;
la confiance qu'il a en moi me prouve
que nos ames sont à l'unisson, **et**
je crois pouvoir vous répondre que
cette manière d'être ne changera
jamais , si vous saviez comme il
est généreux , et délicat ! et avec
un naturel , une simplicité qui m'en-
chante, et qui prouve que la vertu
est sa divinité favorite.

Je vous remercie ainsi que maman de l'intérêt que vous voulez
bien prendre à nos chagrins , ce
pauvre Jules nous en cause beaucoup , mais j'espère qu'il le sent
assez pour ne plus les renouvel-
ler.

On parle aussi d'agitations sour-
des , de murmures, je n'entends rien
à la politique mais il me semble
comme à vous que la tranquillité
est un bien trop précieux , pour

risquer de l'échanger contre des nou-
veautés dont le succès est incertain.
Autrefois j'aimais bien la mode, mais
à présent elle me parait la plus grande
des futilités , je crois que l'engoue-
ment de la plupart des femmes en
faveur de cette divinité , vient du
peu de soin que l'on donne à leur
instruction. Uniquement occupées
du désir de plaire , elles ne s'at-
tachent qu'aux moyens qui doivent
les conduire à ce but , une mise
élégante fait valoir les dons de la
nature , et voilà pourquoi l'on sa-
crifie tout à une plume, ou à un
chapeau élégant. J'aurais mauvaise
grâce de compter sur ces moyens,
puisqu'ils ne sont que secondaires
et servent seulement à embellir. N'é-
tant pas jolie , j'ai réfléchi qu'une
mise simple était plus analogue au
peu que la nature a fait pour moi,
et pour contenter ce désir de plaire
qui est inné chez notre sexe, j'ai

employé des ressources différentes,
comme je n'aime pàs la société des
jeunes gens dont la légèreté m'em-
barasse, et la gayeté bruyante me
déplait, j'ai fait ensorte de pouvoir
prendre intérêt à la conversation
des gens sensés et instruis, et voilà
pourquoi j'ai l'air moins frivole que
la plupart des jeunes personnes de
mon âge. Mais je m'apperçois que
je fais mon apologie, et je réprime
ce coupable mouvement de vanité
pour vous assurer de nouveau que
mon cœur est incapable de varier,
en amour comme en amitié.

ELIZA.

LETTRE XXIX.

Solignac à Eliza.

J'AI éprouvé une satisfaction bien vive, ma chère amie, en revoyant ton frère Jules, qui est arrivé aujourd'hui ; je m'empresse de t'en faire part. Il m'a paru vivement touché des chagrins qu'il vous a causés ; mais il est si vif, qu'il est peut-être plus excusable qu'un autre, de s'être laissé entraîner dans un moment d'irréflexion, j'ai eu le plaisir d'embrasser aussi un ami intime nommé du Roset. Tu sais apprécier de pareilles jouissances ; et voilà pourquoi je t'en parle, du Roset est un garçon sage et instruit

dont

dont les conseils ne pourront qu'être très-utiles à Jules, aussi je ferai ensorte d'amener entre eux une liaison intime ; ton frère est recommandé à notre colonel, très galant homme, mais dont le goût léger, et effrené pour tous les genres de plaisirs, me font trembler pour notre ami. Je te sais bien bon gré de lire dans mon cœur, rien de plus flatteur pour moi, que d'être jugé par toi ; la partialité peut bien disposer en ma faveur les yeux de mon juge, et me faire valoir beaucoup plus que je ne le mérite, mais enfin si je n'ai pas les vertus que tu me désires, et dont ta générosité se plaît à m'embellir, je ferai ensorte de les acquérir.

Tes soupçons n'étaient que trop fondés lorsque tu présumais que la présidente chercherait à me nuire, elle vient d'écrire contre moi deux

lettres anonymes atroces, l'une à
mon père, l'autre au colonel ; elle
m'accuse de débauches effrénés, et
d'avoir participé à des orgies in-
fâmes, en outre elle me dépeint
comme un lâche, qui ai refusé plusieurs fois de me battre, et qui
dernièrement encore, ai mieux aimé
recevoir des coups de bâtons que
de tirer l'épée : quelques calonmi-
euses que soyent ces imputations,
tu sens comme elles sont désagré-
ables ; aussi me suis-je hâté d'en dé-
montrer la fausseté. Mon père m'a-
vait renvoyé sa lettre où le colonel
était très-mal traité, et lorsque celui-ci m'a fait prier de passer chez
lui pour me faire part de celle qui
lui était adressée, je l'ai prié de
confronter l'écriture des deux lettres,
qui s'est trouvé absolument la même,
alors j'ai cru, que la méchanceté
de la présidente, me dispensait de
la discrétion et des égards que j'a-

vais cru devoir à son amour-propre, ou plutôt à son sexe, j'ai ra-
conté au colonel ce qui s'était passé
entre nous. Il n'a vu dans cette
trâme, qu'une femme méchante et
avilie, qui cherchait à se venger à
quelque prix que ce fut. Il m'a
demandé la lettre de mon père, l'a
mise avec la sienne sous une même
enveloppe, en y joignant le billet le
plus piquant pour la présidente;
ensuite il m'a engagé à venir le
même soir avec lui chez elle, à
l'heure de la société, je m'en suis
vainement défendu, il a fallu céder; mais craignant quelque vengeance de notre part, d'après le
billet du colonel, elle était partie
sur le champ pour la campagne;
j'en ai été fort aise, j'aurais trouvé
trop pénible de répondre par des
sarcasmes, à une méchanceté si
odieuse, et son sexe la met à l'a-
bri de tout autre genre d'outrage.

Je ne puis te dire quelle tristesse
cette aventure m'a fait éprouver ?
Quelle est donc l'invincible pente
au mal de quelques individus, puisque des femmes, dont la douceur
est ordinairement le partage, sont
capables d'actions aussi odieuses ?
Ah, que ne te ressemblent - elles
toutes ! De pareils écarts seraient totalement inconnus.

Adieu, mon Eliza, je te remercie d'avoir prié notre bonne mère
de ne pas m'écrire; dans tout autre tems j'aurais le plus grand plaisir à recevoir ses lettres ; mais dans
la circonstance, cela m'aurait em-
barassé ; il n'en est pas ainsi de
ce qui me vient de la part d'E-
liza, je puis répondre à tout ce
qu'elle me dira, parce que je l'aime
au-delà de tout.

SOLIGNAC.

LETTRE XX.

M. de Solignac à son fils.

JE suis charmé, mon fils, de la tournure qu'a prise la méchanceté de votre présidente ; vos principes me sont trop connus pour avoir pu ajouter foi, un seul moment, aux calomnies contenues dans sa lettre, et d'ailleurs l'anonyme qu'elle garde est un moyen trop méprisable pour que l'on puisse supposer des vues droites à ceux qui l'employent ; mais tout le monde ne juge pas avec les yeux d'un père, et souvent les plus misérables traits font des blessures mortelles, quoiqu'ils soient lancés par une main faible, enfin la noirceur a été découverte, et c'est un motif de consolation pour moi.

Votre oncle d'Esparbès vient de mourir : quoique depuis longtems

nous fussions brouillés, je n'en ai
pas moins regretté en lui l'homme
de probité. Il a fait un singulier testament en votre faveur; il vous lègue
la moitié de son bien, à condition
que vous épouserez sa fille, jeune
personne de quatorze ans. Sa fortune est de six cents cents mille
livres, c'est donc cent mille écus
dont vous devenez possesseur par
cette mort. Mon intention est de vous
faire épouser votre cousine dans
un an, et que vous quittiez aussitôt le service. J'ai été singulièrement sensible à cette marque d'attachement de votre oncle, et je ne
doute pas que vous ne la sentiez
comme moi. Votre cousine promet
d'être jolie et bonne enfant; au reste
sa dot servirait d'embellissement à
la plus laide. Elle n'est pas assez for-
mée pour que vous l'épousiez sur
le champ, mais comme il importe
de courir le moins de hasards pos-

sibles dans une chance aussi heureuse
pour vous, je ne veux pas remettre à plus d'une année votre union
avec Julie. Bien que vous soyez
très-peu formé pour jouer le rôle
de père de famille, j'espère que mon
exemple et mes conseils vous suf-
firont. Comme vous devez bientôt
quitter le service, il est inutile que
vous soyez assidu au régiment,
ainsi vous n'avez qu'à demander un
congé de plusieurs mois pour affaires
de famille, et je ne doute pas qu'on
ne vous l'accorde ; mais si vous croyez que pour l'obtenir plus facilement, il soit nécessaire que j'écrive
à votre colonel, j'en ferai volontiers la démarche. Jusqu'à présent
je n'ai pas eu de sujets graves de
me plaindre de vous, j'espère que
l'avenir me donnera la même satisfaction.

Le Baron de SOLIGNAC.

LETTRE XXI.

Solignac à Du Roset.

LA foudre tombée à mes pieds ne m'aurait pas causé plus d'effroi qu'une lettre de mon père, qui m'annonce la mort d'un de mes oncles, dont la bonté me laisse cent mille écus; mais à quelle condition, grand Dieu ! celle d'épouser sa fille unique, petite marionnette de quatorze ans. Moi, renoncer à Eliza ! O, non ; jamais. Mon père enchanté de ce qu'il appèle un coup de la fortune, veut me faire quitter le service, et me marier daus un an. Certes, je lui serai soumis dans tout ce qui ne compromettra pas mon bonhenr personnel , mais je me crois le droit de résister à des ordres, qui n'ont pour but que de satisfaire son goût

insatiable pour les richesses. Je
sais combien mon père est absolu et
emporté, et je tremble sur la manière de m'y prendre pour lui répondre. Combien j'aurais besoin de
tes conseils et de ta prudence, mon
cher ami ; je regrette doublement
qu'une affaire t'ait appellé à Paris,
puisqu'elle est d'une nature désagré-
able pour toi, et qu'elle nous sépare
dans un moment, où j'ai besoin de
tous les secours de ton amitié. Ton
cousin s'est conduit comme le roué
le plus extravagant ; ne s'est-il pas
avisé de personnifier dans une mascarade Joséphine et le colonel ! La
ressemblance de ce dernier avec
Vulcain était trop frappante, pour
qu'on s'y méprit : ta protection le
tirera peut-être delà ; mais que je
te plains d'avoir des démarches à
faire en faveur d'un pareil étourdi.

DE SOLIGNAC.

LETTRE XXII.

Jules à Eliza.

JE suis arrivé à Toul depuis quelques jours, ma chère amie ; j'y suis fortement recommandé au colonel, ce qui me procurera beaucoup d'agrément. Je ne saurais te témoigner, ma bonne Eliza, combien je suis pénétré de ta conduite tendre et généreuse à mon égard. Le mot de reconnaissance est trop froid pour acquitter une pareille dette, il n'y a que la plus tendre amitié qui puisse payer la tienne. C'est avec peine que je me rappèle que j'ai pu avoir des torts envers toi ; ne les attribue qu'à la vivacité de mon caractère et non à mon cœur. Si la tendresse la plus vraie peut les réparer, de ce mo-

ment je ne suis plus coupable et ne
le serai jamais. J'ai revu Solignac
avec plaisir, quoique je l'aie connu
à peine à la maison. On l'appèle ici
le philosophe, il paraît mériter ce
ce titre par sa bonne conduite ; il
a un ami très-aimable qu'on nomme
Du Roset, je ferai en sorte de me
lier avec lui. Il vient d'avoir beaucoup de désagrément au sujet d'un
parent qui s'est permis de jouer dans
une mascarade notre colonel et des
femmes très-considérées de la ville.

Il m'est arrivé une aventure dont
le récit t'amusera sans doute, et que
tu me passeras en faveur du carna-
val. J'étais allé au bal masqué, et
me promenais à travers la foule des
masques, lorsqu'une bergère de la
plus jolie tournure vint m'agacer très
vivement. Taille svelte, chevelure
blonde, son de voix agréable, tout
était réuni pour monter mon imagination ; aussi trouvant ce masque

très-aimable , je dansai continuellement avec lui. Je lui offris mon hommage , et devenant galant , tendre
et empressé , je crus que la pudeur
occasionnait le peu de résistance que
l'on m'opposait , et me hâtai de mener
cette aventure de bal à une fin heureuse. On se rend à mes sollicita-
tions , et nous quittons la salle du
bal. Après avoir couru toute la ville ,
on m'introduisit par une porte de
derrière dans un petit jardin au bout
duquel était un joli pavillon. L'esprit du masque m'avait tellement
enchanté que je lui attribuais tous
les charmes possibles ; enfin vaincue
par mes soupirs, la belle paraissait
prête à se rendre , quoiqu'elle n'eût
pas voulu quitter son masque ; elle
m'ordonna de souffler les bougies :
sûr alors de la victoire , j'obéis ; et
volant dans ses bras, j'arrache plû-
tôt que je ne dénoue le masque im-
portun qui me dérobait les attraits

de ma belle , mais aulieu d'une peau
douce et satinée , d'un teint de lys
et de rose , une barbe dure et pi-
quante rallentit mes entreprises amou-
reuses ; des éclats de rire immodérés
me font reconnaître dans la personne du masque un jeune lieutenant de mes amis , qui , comme tu
le penses bien , ne m'a pas épargné les plaisanteries. Tout déconcerté
que j'étais , j'ai pensé que pour éviter les railleries de mes camarades,
il fallait prendre l'avance , et raconter moi-même ma ridicule aventure.
En conséquence retournant au bal ,
j'ai débité si gravement mes malheurs , et j'en ai si bien ri après ,
que l'on m'a écouté sans se moquer
de moi.

Les femmes sont charmantes à
Toul et la société très agréable ; je
t'assure que si la cause de mon changement de regiment n'était pas aussi
pénible pour moi, je me féliciterais

de cette translation. Notre colonel
est un homme divin, faisant naître
le plaisir partout où il se trouve.
Adieu, ma bonne Eliza, je te quitte
pour aller repéter des pas de ballets,
car nous jouons la comédie, et j'y
figure comme danseur et comme ac-
teur. Mille choses tendres et respec-
tueuses à ma mère, prie-la de m'envoyer mes gilets brodés.

JULES.

~~~~~~~~~~~~~~~~~~~~~~~~~~~~~~

LETTRE XXIII.

Eliza à Solignac.

QUELLE horrible mégère que ta présidente ! Elle n'a donc ni pudeur, ni honneur : j'ai partagé le chagrin que tu as éprouvé, car il est affligeant de rencontrer sur la route de la vie, des êtres aussi méchans et aussi méprisables; je hais cette femme de s'acharner à te nuire, elle ignore qu'en déchirant ton cœur, elle en immole deux à la fois ; je m'étonne que de pareils monstres ne soyent pas signalés dans la société? On devrait les fuir comme des bêtes féroces, mais une preuve de l'extrême immoralité qui nous gangrène, c'est de voir que des in-

dividus qui devraient êtres voués
à l'exécration, jouissent de la considération publique par ce qu'ils
ont de la fortune, comme si l'or
pouvait effacer le crime ?

Je recommande mon frère à ta
sollicitude, mon cher ami, il a le
cœur excellent, mais la tête bien
légère ; je viens de recevoir une
lettre de lui qui en est la preuve.
Je souhaite que ton exemple influe
sur sa conduite, alors elle ne pourra
pas manquer d'être bonne ; je m'intéresse à M. Du Roset, puisqu'il
est ton ami. Jules me mande qu'il
a éprouvé des chagrins, donne moi
des détails là dessus, et sois sûr que
je m'identifie à tout ce qui t'est cher.
J'ai aussi une amie charmante, aimable, c'est la sagesse personnifiée;
ah, que je serais fâchée que tu la
connusse, je craindrais qu'elle ne
m'enlevât les droits que j'ai sur ta
tendresse

tendresse, c'est un larcin que je ne lui pardonnerais pas. Comment se fait-il cependant que je ne sois jalouse d'aucune des femmes que tu vois ? C'est que je ne leur suppose pas la moitié de ma sensibilité, et que je sais que c'est cette qualité qui t'attache le plus. Adieu, mon ami, pense à la tendre Eliza qui partage aussi vivement tes peines que tes plaisirs. J'ai pensé que pour te faire oublier la méchanceté de la présidente, mon portrait serait un puissant moyen; aussi je te l'envoye, ayant eu le bonheur de trouver à la campagne, une dame qui s'amuse à peindre, et qui a été assez complaisante pour m'en faire deux copies, l'une est pour maman, l'autre pour celui que chérit constamment.

ELIZA.

LETTRE XXIV.

Du Roset à Solignac.

A travers les courses et les sol-
licitations qui m'obsèdent, l'amitié
ne perd rien de ses droits, mon
cher ami ; j'espère t'en donner une
preuve démonstrative en quittant les
bureaux du ministre pour t'écrire.
J'ai senti combien les ordres de
ton père ont dû t'affecter, mais je
vois peu de moyens d'en éviter
l'exécution ; cependant tu peux in-
sister fortement sur ta jeunesse, l'a-
mour de ton état, et le désir que
tu as de t'y distinguer. Dans le fait
quel caprice est le sien de vouloir
te faire quitter une carrière utile
et honorable, pour te fixer aux

genoux d'une poupée ? L'homme
sans état est un être inutile, souvent à charge aux autres et à lui-
même ; nous devons remplir une
destination, manquer à ce devoir,
est un délit envers la société. D'ailleurs il s'élève des bruits de guerre
et d'expéditions secrètes, quel nom
donnerait-ton à ta démission en-
voyée dans un pareil moment ? Je
ne doute pas de l'énergie que tu
mettras à tes représentations ; un
motif bien puissant t'inspire, cependant si elles étaient sans succès,
rappelle-toi, mon ami, que les
droits d'un père sont imprescriptibles, et qu'il y a plus de mérite
à faire céder ses goûts et ses pen-
chants à l'autorité paternelle, que
d'y opposer une roideur, précur-
seur de la désunion et peut-être de
la haine. J'espère que tu viendras
à bout de vaincre ses projets, mais
il est plus sage de t'accoutumer

d'avance à t'y soumettre j'espère l'emporter dans l'affaire de Beaunoir, qui assurément est un étourdi, mais ce grief est-il suffisant pour engager un chef à déshonorer ce jeune homme ? à répandre dans une famille honnête, le désespoir et la douleur ? Le premier devoir d'un chef est l'impartialité, dès qu'il s'en écarte, il ne mérite plus de ménagemens que ceux que l'équité exige. Que son amour-propre offensé ait puni Beaunoir par quelques mois de prison, rien de mieux ; mais pour une folie, vouloir le priver de son état, lui arracher la seule ressource que lui ait laissé la fortune, c'est une indignité. Je m'attends à des désagrémens sans nombre, si je réussis à obtenir justice contre le colonel ; mais l'honneur de mon parent mis à couvert, et ma philosophie sauront me dédommager de ce que j'aurai à éprouver.

Adieu, mon cher Solignac, crois
que ton bonheur est pour moi
une chose bien intéressante ; donne
souvent de tes nouvelles , à ton
meilleur ami.

Du Roset.

LETTRE XXV.

Solignac à son père.

J'AI été vivement affecté , mon père , de la mort de mon oncle ; son attachement pour moi, et ses excellentes qualités ne peuvent qu'exciter mes regrets. Je ne suis point sensible à la fortune qu'il veut bien me laisser , jamais les richesses n'exciteront mon ambition, oserai-je dire à mon père que pour la première fois de sa vie , les vœux de son fils sont en contradiction avec sa volonté ? Par exemple la seule clause du testament me donne une répugnance invincible pour ma cousine d'Esparbès , jamais je ne me résoudrai à me vendre : si mon goût me porte au mariage, je veux que mon choix soit libre comme ma pensée ; d'ailleurs permettez-moi de vous observer que tenant à mon état par inclination, je n'aspire qu'à m'y distinguer. J'aime trop l'occuppation, pour me décider à mener une vie oisive, sans doute vous ne voudrez pas, mon père, rendre mon existence malheureuse. Ce n'est pas à mon âge, ni avec une femme aussi jeune que ma cousine, que je puis trouver le bonheur, dans les liens du mariage ; je ne pourrais avoir avec elle que les procédés d'un honnête homme, et cela ne doit pas suffire à une femme délicate. J'aurais désiré que la générosité de mon oncle, eut eu mon frère pour objet, il me semble qu'il y aurait un moyen de l'en faire jouir, si je renonce aux droits que me donne ce testament, toute la succession appartient à ma cousine , et mon frère ne pourrait-il pas as- pirer à sa main ? pour moi content de me distinguer dans la carrière militaire, je veux lui devoir la con- sidération que j'espère acquérir : On parle beaucoup d'une expédition prochaine , ce qui m'a empêché de demander le congé dont vous me parlez ; et comme peut-être ce congé n'était relatif qu'aux intentions que vous aviez de me marier , j'espère que vous voudrez bien vous ren- dre à mes raisons et à mes désirs, en n'insistant pas sur une chose qui y serait si contraire. Vous êtes trop bon père pour ne pas vouloir le bonheur de vos enfans , aussi suis-je persuadé que vous voudrez bien ap- prouver ma résolution , et recevoir avec bonté l'assurance du profond respect avec lequel j'ai l'honneur d'être etc.

SOLIGNAC.
LETTRE

~~~~~~~~~~~~~~~~~~~~~~~~~~~~~~~~~~~~~

LETTRE XXVI.

Solignac à Eliza.

Tu sais toujours t'occuper du bonheur des autres, ma bonne Eliza, et sur-tout de celui de ton ami : je te remercie du charmant cadeau que tu m'as fait ; il repose actuellement sur mon cœur. Il est bien juste qu'il tienne les rênes de son empire ; je t'envoye aussi le mien ; c'est moi qui l'ai fait, mais mon infidèle pinceau a bien mal exprimé ce que mon cœur seul peut sentir. Puisse cette image ramener continuellement ta pensée sur le tendre ami qui te voue son existence ! Chaque jour

augmente mes chagrins, mon Eliza!
Je viens de perdre un oncle esti-
mable, qui me chérissait, et que
j'ai mille raisons de regretter!....
Puisque tu veux bien prendre intérêt à mon ami Du Roset, je te
ferai part du sujet de mes inquiétudes à son égard. Il a le malheur
d'avoir au régiment un jeune parent nommé Beaunoir, fort aimable,
mais étourdi comme on ne l'est pas.
Ce jeune homme a fait la cour à
une belle, à qui notre colonel offrait son encens ; cette intrigue a
eu les suites les plus ridicules, et
a amené des scènes, qui ont prouvé
publiquement que la demoiselle était
plus que coquette. Beaunoir s'est
piqué, et sa facile maîtresse a eu assez
de talent pour fasciner les yeux du
colonel, et tourner sa colère contre
le pauvre homme. Pour se venger
des arrêts qu'on lui a fait garder,
Beaunoir a saisi l'occasion du car-

naval et des bals masqués qui en
sont la suite ; il a formé un qua-
drille de masques, représentant l'histoire de Mars, surpris par Vulcain, auprès de Vénus. Les masques étaient de vrais portraits. Celui du colonel, surtout, était par-
faitement ressemblant; (tu devines
qu'il était Vulcain). De jolis cou-
plets mais très-méchans ont attiré
tous les danseurs auprès des masques, et le colonel ainsi que la demoiselle tous deux présens, ont été
complètement ridiculisés par cette
farce. Furieux d'avoir été joué, le
colonel fait poursuivre criminelle-
ment Beaunoir ; il a écrit au ministre pour le faire casser, et a me-
nacé de son indignation, (tu sens
combien ce mot a de force dans la
bouche d'un chef,) tous ceux qui
prendraient quelqu'intérêt à Beaunoir. Du Roset est parti sur le champ
pour Paris, afin de conjurer l'orage,

et moi qui ne transige jamais avec les droits de l'amitié, j'ai prêté à l'imprudent coupable, tous les secours qu'il pouvait attendre d'un ami de son parent. Je blâme sans doute son extravagance, mais il me semble qu'elle ne mérite pas d'être punie par le déshonneur. Voilà, ma bonne amie, les détails que tu désirais.

Ton frère aime beaucoup le plaisir; il a déjà eu maintes aventures galantes, et il aurait sûrement tout le beau sexe pour défenseur, si on lui cherchait chicane; mais sa légèreté est trop aimable pour que tu puisses en concevoir de l'inquiétude; les femmes le gâtent un peu, le colonel encore plus; voilà ce que je redoute le plus pour lui : il paraît faire cas de mon amitié, et il y a trop de droits pour qu'elle ne lui soit pas acquise. Il prétend faire

sa cour à la présidente pour me
venger , dit-il, par quelque rouerie
Je l'ai fort engagé à n'en rien faire,
je trouve que sur la scène du monde,
les rôles sont presque toujours mal
distribués , on oppose le sarcasme
et la plaisanterie à la noirceur, il
me semble qu'elle ne mérite que
le plus profond mépris. Que ne
suis - je auprès de toi , ma chère
Eliza ; nous déplorerions ensemble , dans la solitude des bois, la
dépravation qui gagne les sociétés
brillantes. Nos cœurs seraient à l'u-
nisson de la nature que nous retrou-
verions dans sa simplicité primi-
tive ; la réalité est en contradiction avec nos désirs; il faut nous
en dédommager par la pensée, qui
réunit en un instant les êtres les
plus éloignés , la mienne est sans
cesse occupée de toi.

SOLIGNAC.

~~~~~~

LETTRE XXVII.

Eliza à Jules.

Tu es bien sûr, mon ami, que quelle que soit la cause qui te ramène à moi, je lui dois beaucoup. J'ai souvent gémi de ce que nos cœurs s'entendaient si peu ; sûre de la bonté du tien, je ne savais à quoi attribuer des altercations qui sans doute n'étaient que des méprises, l'avenir sera plus satisfaisant pour nous, et j'espère que notre bonne union ne souffrira plus de nuages. Je vois que tu as été trop heureux dans tes débuts, mon cher, car la certitude que tu croyais avoir dans tes tentatives du bal,

n'était fondée que sur une ancienne
expérience. Ton récit est fort drôle,
mais, entre nous, j'ai pensé, que
tu avais cru l'adresser à un de tes
camarades plutôt qu'à ta sœur. Je
suis émerveillée que ta philosophie t'ait fait oublier aussi promptement la peine dont tu étais affecté
il n'y a pas long-tems ; ne prends
point cela pour un reproche, mon
cher Jules, je crains seulement
qu'en oubliant si promptement les
effets, tu ne te laisses entraîner de
nouveau par la cause, je ne puis
trop t'engager à suivre l'exemple
de Solignac. J'aime mieux que les
plaisirs bruyans dont tu me parles
existent à Toul qu'à Nancy, à coup
sûr, je n'en profiterais pas ; il faut
de la disposition à la gaieté pour
prendre une part active aux amu-
semens de la société, et depuis long-
tems je ne suis plus gaie ; j'en fais
honneur à ma raison, car j'entends

dire très souvent que mon esprit
se forme et j'en uis glorieuse. Prends
y garde, bientôt ce sera moi qui
te ramenerai à cette déesse qui te
parait si triste ; sois persuadé cependant que ton directeur ne sera
pas très sévère, il se croit même
tant de penchant à l'indulgence qu'il
hésite à se charger de ta conversion, dans la crainte que tu ne le
séduises, en l'assurant de ton amitié,
cela doit te convaincre que tu as une
grande portion de la sienne.

ELIZA.

~~~~~~~~~~~~~~~~~~~~~~~~~~~~~~~~

LETTRE XXVIII.

M. de Solignac à son fils.

VOTRE lettre m'a singulièrement
surpris, mon fils ; je croyais que
dans l'état militaire on apprenait la
soumission, mais il me parait que
vos idées se portent volontiers sur
le chapitre de l'indépendance ; cependant je me crois en état de juger ce que l'honneur exige, et je
décide qu'il ne vous impose point
l'obligation de rester au service,
lorsque vos vrais intérêts et ma volonté vous ordonnent de le quitter;
vos raisonnemens sont trop pitoya-
bles pour que je prenne beaucoup

de peine à les refuter ; comme si
un propriétaire occupé d'amélio-
rer sa fortune, était un être inutile dans la société ? Un père de
famille n'a t il pas des devoirs à remplir ? Vous parlez comme un enfant
à l'égard de votre frère ; vous devez savoir qu'étant l'aîné , il hérite
de mes titres et de ma fortune ; je
veux qu'il soutienne ma maison,
et qu'il lui donne de l'éclat, en faisant un mariage illustre. Pour lui,
je ne regarderai qu'à la naissance
dans le choix de son épouse ; et
quant à vous, je ne recherche que
la fortune ; le hasard me sert trop
bien, pour que j'aie la déraison
de souscrire à vos caprices ; on
peut se distinguer dans tous les
états, et je crois avoir fait la preuve
qu'un homme riche qui sait régir
et agrandir ses possessions, est es-
timable et considéré. Vous n'aspi-
rez pas sans doute au bâton de ma-

réchal de France, et fonder vos espérances sur vos succès et vos
travaux futurs, serait la plus haute
des folies. Vous convenez que vous
êtes bien jeune, c'est convenir que
l'expérience vous manque, c'est à
la mienne à supléer à la vôtre;
sans doute je veux le bonheur de
ma famille, et c'est pour cela que
je vous ordonne de demander à votre colonel le congé dont je vous ai
déjà parlé. Si dans huit jours vous
n'êtes pas auprès de moi, je saurai
vous forcer à m'obéir.

Le baron de SOLIGNAC.

~~~~~~

LETTRE XXIX.

Eliza à madame de Florzel.

Vous avez la bonté de partager mes jouissances, madame; j'en éprouve une bien douce dans ce moment, je possède le portrait de Solignac, je peux lui adresser toutes les choses tendres, que mon cœur m'inspire pour l'original. Vous êtes à même d'apprécier ce plaisir, madame, puisque vous avez aimé; ce pauvre ami a du chagrin aussi suis-je toute mélancolique; et voilà les effets de cette sympathie que l'on traite vainement de chimère; pour moi je ne puis m'empêcher de croire

qu'elle existe. Nous sommes toujours à la campagne, et je vous
dois le récit d'une scène champêtre
qui m'a intéressée autant qu'amusée.
Ma cousine et moi, cherchions dans
la promenade, un dédommagement
à la chaleur du jour qui avait été
brûlante. Nous vîmes une jolie mai-
sonnette entourée d'arbres touffus,
nous y portâmes nos pas, une porte
retenue par un mince cordon, offrit
peu de résistance à nos efforts,
nous entrâmes ; dans la cour était
assis un vieil invalide, dont la jambe
de bois attestait qu'il n'avait pas
fait la guerre au coin du feu ; il
était dans un antique fauteuil placé
sous un arbre, cinq petits garçons
l'entouraient, assis sur le gason,
et écoutaient attentivement les belles
histoires contenues dans une énorme
bible que le grand papa leur li-
sait. Il nous pria de lui laisser continuer sa lecture, nous prîmes place,

et écoutâmes avec respect; il en était à l'histoire d'Absalon et de David, au moment où il lut l'ingratitude d'Absalon: jour de Dieu! S'écria-t-il, en montrant le doigt à ses petits enfans, qui de frayeur, plièrent alternativement les épaules, si un de ces petits coquins s'avisait de regimber, je n'ai qu'une jambe de bois, mais je lui en aurais bientôt cassé les bras. Puis reprenant le fil de son histoire, il la finit avec gravité. La vivacité de cet homme, et son air vénérable nous firent désirer de lier conversation avec lui; cela ne nous fut pas difficile, le père Jérome aimait autant à babiller, qu'il avait aimé autrefois à battre les ennemis, il fit apporter une jatte d'excellent lait, nous conta ses guerres, les assauts où il avait payé de sa personne, les bonnes fortunes qu'il avait eues, et comme quoi la dernière belle dont il avait

fait la conquête s'appellait Thérèse,
qu'il l'avait épousé, et en avait eu
un fils dont nous voyons les enfans,
c'est un bon garçon que Pierre, ajou-
ta-t-il ; il aime Dieu, le roi, et son
père ; aussi prospère-t-il, ses champs
rendent le triple de ceux des autres ; mordieu ! Pierre sera un rusé
compère ! Il me ressemble comme
deux goutes d'eau, et ferait un jour
un beau colonel, si ma jambe de
bois pouvait lui servir de titres de
noblesse.

Ma cousine riait de tout son cœur,
et mangeait du meilleur appetit le
pain de seigle et le bon lait du père
Jérome ; lorsque nous eûmes fini,
nous donnâmes quelque monnaie
aux enfans, mais le bon papa s'en
étant apperçu : veux-tu bien rendre cela, dit-il, à l'un deux : as-tu
besoin d'argent, petit polisson ?
Reprenez, reprenez, mesdames ; vous,

trouverez des pauvres sur votre
route ; mais, dieu merci, nous n'a-
vons besoin de rien ! Si vous voulez me payer mon lait, laissez-moi
vous baiser la main. Jour de Dieu !
Cela me ravigotera, et me donnera
dix ans de vie ! Nous embrassâmes
sans scrupule le père Jérome, en
lui souhaitant bonne santé et longue vie. Nous le quitâmes, en riant
de notre heureuse conquête, car assurément la galanterie du bon invalide nous fit plus de plaisir que
les complimens bien fades et bien
compassés de ces petits-maîtres,
dont toute la science consiste à donner
une tournure élégante à l'énorme
cravate qui les ensevelit; les colla-
tions préparées à grands frais, of-
fertes par vanité, acceptées sans plaisir, ne valent pas celle que nous
avons prise au chalet du père Jérôme. Cette simplicité de la nature
nous ramène à des mœurs plus dou-

ces

ces : une bagatelle cause des ris qui ne sont point affectés, le plaisir se présente sous mille formes agréables. Une pipée, la pêche, sont des évènemens qui embellissent toute une journée. Si rapprochée de tous les êtres qui me sont chers, on me donnait le choix d'une fortune brillante qu'il faudrait consommer à la ville, ou d'une heureuse médiocrité qui me fixerait à la campagne, mon choix ne serait pas douteux. Adieu, madame, quand terminerez-vous une absence qui parait bien longue à tous ceux qui vous aiment, mais surtout à votre toute affectionnée.

ELIZA.

~~~~~~~~~~~~~~~~~~~~~~~~~~~~~~~~~~~~

LETTRE XXX.

Eliza à Solignac.

Si mon portrait t'a fait plaisir, mon cher cousin, tu ne dois pas douter de celui que j'éprouve à fixer continuellement mes regards sur le tien. On a grand tort de calomnier l'amour, car s'il cause de vives peines il a en réserve bien des moyens de multiplier les plaisirs. Un mot, un regard, la moindre chose enfin devient, par la magie de ce séduisant enchanteur, une source de jouissances pour ceux qui savent aimer et sentir. Que de trésors inconnus aux ames indifférentes ? Je te plains, mon ami, d'avoir perdu quelqu'un qui t'était cher ; les blessures que cause la mort sont d'autant plus cruelles qu'elles sont irréparables , le tems seul peut les cicatriser. Eh bien ! Mon cher Solignac, fais tourner les pertes de l'amitié au profit de l'amour, pense que cette portion de tendresse que tu avais pour un autre, est reversible à ton amie, et augmentes-en mes propriétés ? Ne suis-je pas en fond pour acquiter ces dettés ? soit tranquille sur la solvabilité de ton débiteur, et ne sois pas effrayé s'il est affamé d'emprunts ; il te promet de t'en payer même les intérêts à usure.

je te sais bon gré d'avoir fui les travers de ces têtes évaporées qui sacrifient tout au plaisir d'un bon mot, ou à une vengeance satyrique, dont ils ne calculent pas les suites ; cependant, tout en blâmant cet extravagant Beaunoir, je ne puis m'empêcher de penser que le colonel agit sans générosité et sans justice , je t'avoue même que je tremble de voir mon frère recommandé à un tel homme. Je suis loin de me féliciter de ce que Jules est le bien venu des dames, j'ai souvent remarqué que de nombreux succès, donnaient aux hommes une fatuité insupportable. Mon bon petit frère a déjà été gâté par plusieurs femmes qui l'ont rendu bien moins aimable qu'il n'était ; surtout, je t'en prie, veille à ce que sa passion pour le jeu ne l'entraîne plus. Je vois avec regret approcher le moment de notre retour à la ville, autrefois tu connaissais mon goût pour les plaisirs bruyans, je l'ai perdu depuis que ne les partage plus avec toi , et je deviendrais une vraie bergère des Alpes, si je faisais encore un voyage champêtre. J'ai appris à jouer des proverbes, je me suis même permis d'en composer que l'on a accueilli avec indulgence, mon texte était : *tout vient à point qui sait attendre.* Notre situation me l'a inspiré , et y a sans doute jetté quelqu'intérêt, il faut bien que tout ce qui a rapport à mon ami, intéresse, que ce mot est faible en comparaison de ce qu'éprouve pour toi.

ELIZA.

LETTRE XXXI.

Solignac à son père.

UNE conduite irréprochable devient dans ce moment mon titre à votre indulgence, monsieur : je saurai toujours suivre la route du devoir dans tout ce qui pourra faire votre bonheur sans compromettre le mien, parceque je vous crois trop bon père pour attacher une jouissance au malheur de vos enfans. Convaincu de cette vérité, j'ai l'honneur de vous réitérer l'assurance que je préfère mille fois mon état à la fortune brillante de ma cousine, ainsi qu'à sa personne. Je suis trop galant homme, pour lui porter de la froideur et des dégoûts qui la

rendraient malheureuse, je persiste
donc à rester au service ; sans
avoir la vanité d'aspirer aux premiers grades, j'ai la certitude qu'un
travail soutenu et une bonne conduite me mettront à même d'acquérir une considération bien plus
flatteuse que celle qu'on doit aux
hasards de la fortune, je vous
supplie donc, mon père, de renoncer à un projet qui ferait le tourment de ma vie ; je connais le respect que je dois à vos ordres, aussi,
comme j'ai eu l'honneur de vous le
dire, ma soumission sera sans bornes, lorsque vous n'attaquerez pas
la plus chère de mes propriétés,
le droit de disposer de moi. Je
suis bien loin de prétendre en disposer sans votre aveu, mais il me
semble que cette réciprocité met
vos droits à couvert ainsi que les
miens. Je suis avec respect.

SOLIGNAC.

~~~~~~

LETTRE XXXII.

Madame de Florzel à Eliza.

MILLE fois pardon , ma chère amie, si une plaisanterie a pu donner l'allarme à votre amour trop ombrageux, je sens et je connais mes torts , et l'amende honorable que je vous en fais doit me mériter un pardon authentique, au reste je suis un peu rassurée sur votre rancune, le détail que vous me faites de vos plaisirs me fait voir que votre cœur n'en est pas susceptible , la jolie description de votre promenade m'a fort intéressée , et lorsque je serai à Nancy je prétends faire connaissance avec le père Jérôme.

Si

Si l'amitié avait besoin de prendre des ménagemens pour dire sa
pensée, je serais un peu embarrassée
pour vous dire que je désapprouve
que vous ayez le portrait de Solignac, voici mes raisons : accepter le portrait d'un homme ou lui
donner le sien, est, selon l'opinion
générale, une preuve qu'on lui a
donné les droits les plus étendus
sur sa personne. Ce soupçon ne me
tombe seulement pas dans l'idée à
votre sujet ; et je signerais de mon
sang, que si mon Eliza n'a pas toujours été fidèle à la prudence, elle
l'a toujours été à l'honnêteté ; mais
qu'une étourderie, qu'un oubli,
qu'un hasard enfin, découvre, à d'autres yeux que les miens, le portrait
de Solignac, l'on présumera, d'après
la connaissance du cœur et de sa
fragilité, qu'Eliza a été plus faible
que vertueuse, et quelle source de
chagrins et de regrets ne serait-ce pas

pour vous ? Iriez-vous chercher à détruire cette opinion, en discutant la nature de votre liaison avec So-lignac, mais encore dans cette supposition, on vous objecterait que c'est un malheur pour vous d'avoir donné prise aux apparences, que de femmes ont perdu leur réputation et leur tranquillité sur de simples apparences! Nous devons non seulement, en secret, notre culte à la vertu, mais l'hommage public que nous lui rendons, doit écarter de nous jusqu'au plus léger soupçon. Vous avez donc commis une très grande imprudence, ma bonne amie, et bien difficile à réparer, je vous donne d'autant plus tort que je suppose que vous n'en avez pas parlé à votre bonne mère, qui n'aurait pas manqué de vous en faire sentir les conséquences; et cette réserve est coupable, surtout d'après l'indulgence qu'elle a pour vous.

Comment pouvez-vous désirer que
je retourne à Nancy ? à coup sûr
ce serait pour vous gronder ; cependant j'espère y être dans quinze
jours. Adieu, ma chère Eliza, mes
reproches ne sont vifs que d'après
l'intérêt que je prends à votre réputation, d'ailleurs ce sont mes
droits dont je fais usage, vous voulez bien attacher trop de prix à
mon amitié, pour que dans tous les
tems elle ne soit pas franche, impar-
tiale et tendre.

De Florzel.

LETTRE XXXIII.

Le Baron de Solignac au colonel du régiment de Toul.

FORCÉ, monsieur, par des cir-constances de famille, de faire quitter le service à mon fils, je lui avais ordonné de demander préliminairement un congé de trois mois ; la résistance qu'il apporte à ma volonté satisferait mon amour-propre, si je pouvais penser que l'amour de son état en fut la seule cause, mais je crains que quel-que intrigue n'y entre pour beau-coup. J'ai recours à vous, mon-sieur, et j'ose vous prier de faire rentrer mon fils dans son devoir, en lui représentant qu'il ne doit pas

méconnaître plus long-tems mon autorité. Le respect qu'il a pour vous
l'engagera peut-être à être plus docile; je vous demande un congé pour
lui, sa fortune et ma tranquillité dé-
pendent de son obéissance ; si par
une obstination que je ne saurais
concevoir, il refusait d'obéir, je
vous prierais de le punir sévèrement;
et de venger l'autorité paternelle
outragée; j'espère, monsieur, ne pas
abuser de votre bonté, en vous
priant d'unir vos efforts à ceux d'un
père tendre, mais jaloux de ses
droits, afin de travailler, de con-
cert, au bonheur d'un jeune étourdi
qui raisonne fort bien de son métier, mais qui n'entend rien à ses intérêts. J'ai l'honneur d'être, monsieur, votre très-humble serviteur.

Le baron de SOLIGNAC.

LETTRE XXXIV.

Réponse.

QUOIQUE vous ayez le dessein de nous causer beaucoup de regrets en nous privant de monsieur votre fils qui est un excellent sujet, je me suis empressé, monsieur, de répondre à vos vues ; j'ai fait venir Solignac, après lui avoir représenté vos désirs, je lui ai annoncé que j'accordais le congé de trois mois, et qu'il pouvait partir de suite : il m'a répondu avec honnêteté, mais d'un ton très décidé qu'il n'en profiterait pas, qu'il était trop attaché à son état pour y renoncer et que l'affaire pour laquelle vous le mandiez, lui était extrêmement désa-

gréable, ainsi qu'il ne partirait pas.
Surpris de cet entêtement, j'ai cherché
a démêler s'il n'y avait pas quelqu'a-
mourette sur jeu, il a rougi de dépit,
et m'a répondu qu'il s'étonnait que
son colonel lui rendit assez peu de
justice pour croire qu'une amourette
put le subjuguer. Dans le fait je le
vois chaque jour dans la société,
avoir des attentions pour toutes les
femmes et de préférence pour aucune.
Après l'avoir inutilement prêché, je
l'ai envoyé en prison, et je lui ai
dit qu'il y resterait jusqu'à ce que
vous en ordonnassiez autrement voilà,
monsieur, tout ce que j'ai pu faire.
Dans le fond je serais enchanté que
ce jeune homme nous restât, car il
est impossible d'avoir une conduite
plus régulière, plus d'exactitude au
service ; je désire de tout mon cœur
que vos projets puissent se concilier
avec ses goûts, car je vous avoue
qu'il m'en coûte singulièrement de

punir ce jeune homme , par ce qu'il
veut ce que nous désirons tous. En
le perdant , le roi perdrait un sujet distingué , et le régiment , son
modèle , il est aimé de ses chefs autant que des jeunes gens de son âge ;
je vous rappellerai, monsieur, que
l'indulgence est la vertu des bons
pères, et je vous suplierai de ne pas
me rendre injuste, en me faisant punir arbitrairement quelqu'un qui n'est
pas coupable. Croyez à la considération distinguée avec la quelle j'ai
l'honneur d'étre , ect.

MEVAL.

LETTRE XXXV.

Solignac à Du Roset.

C'EST du fond d'une prison que je t'écris, mon cher Du Roset ; mais jamais je ne fut plus libre que dans ce moment , car si je ne suis vexé par les ordres arbitraires de mon père, il me suffit de savoir que je ne l'ai pas mérité , pour supporter tranquillement ma captivité. J'ai résisté à ses ordres , j'en suis puni ; tu connais mon goût pour la solitude et pour le travail , l'un et l'autre me font trouver ma position très-supportable. La seule chose qui me peine,

c'est de penser que mes camarades peuvent me croire coupable de fautes graves, car tu penses
bien que je ne suis pas tenté de
divulguer nos débats de famille ;
si mon père ne me rend la liberté
que quand je consentirai à son
odieux mariage, je puis faire pro-
vision de patience ;et toi, mon cher,
a-tu l'espoir d'obtenir justice ? C'est
un vilain pays que la cour, lorsqu'il est question d'obtenir, l'intrigue
y réussit plus souvent que le bon
droit. Fais-moi le plaisir de me rap-
porter quelques livres Anglais; j'apprends cette langue, et commence à
la comprendre. Je lis actuellement
Milton, et pour me servir de son
style je te dirai que « mon courage est
le rocher contre lequel les vagues de
l'adversité peuvent venir se briser.»
J'aime mieux cette langue que l'italien,
dont je ne voudrais me servir que
pour parler à mon amie; l'Anglais plus

énergique, par un mot, rend une chose, tandis que nous avons besoin de périphrases et de circonloctuions, pour exprimer les choses les plus simples. Je voudrais avoir quelques nouvelles à te mander, mais un pauvre reclus n'en sait guères. Contente-toi donc de l'assurance de ma tendre amitié.

SOLIGNAC.

~~~~~~

LETTRE XXXVI.

Réponse.

COMMENT, diable ! Sais-tu que
bientôt tu pourras rivaliser d'hé-
roisme avec nos preux et antiques
chevaliers. Te faire mettre en prison pour ta belle, refuser quinze
mille livres de rente en sa faveur;
sont des traits dignes de la fine
fleur de la chevalerie. Plaisanterie à part, je te plains, mon
cher Solignac, et voudrais de
tout mon cœur que tu pusse obéir
à ton père : il me parait bien
absolu, et ne consentira jamais
à te voir marié à quelqu'un qui
ne sera pas l'objet de son choix.

'Alors que feras-tu ? Iras-tu, en te piquant d'une constance roma-nesque, vouer ta vie au célibat, et faire le même sacrifice à celle dont ton cœur est épris ? Ce se-rait assurément la plus haute folie, ainsi, mon ami, si tu crois ton père inexorable, tâche de pren-dre assez sur toi pour te plier à ses volontés. Je parierais même d'après ce que tu m'as dit de la raison de ton Eliza qu'elle te tien-drait le même langage, car c'est celui de l'amitié raisonnable.

Si j'avais un ennemi dont je voulusse me venger, je l'enver-rais solliciter ; point de métier plus ennuyeux, et plus rebutant : on me promet, à chaque visite, le succès de ma demande, tandis qu'on ne s'est pas seulement oc-cupé de moi. Je croyais te re-voir promptement, et j'ignore ac-

tuellement le terme de mon exil.
Je dois donner ce soir à souper
à la maîtresse du premier valet
de chambre du ministre ; on m'assure que cette corde est immanqua-
ble ; je t'avoue qu'il faut prendre
aussi à cœur que je le fais , les
intérêts de Beaunoir, pour employer
de pareils moyens , car si cela me
regardait personnellement j'aimerais
mieux renoncer au succès que de
recourir à cette ressource. Je t'enverrai des livres Anglais ; j'admire
ton bon esprit qui fait tourner au
profit de ton instruction tes mésa-
ventures ; en blâmant ton obstination
je ne puis m'empêcher de penser
qu'elle est la preuve, que tu t'attache
solidement , et comme ton ami je
m'en félicite.

DU ROSET.

LETTRE XXXVII.

Jules à Eliza.

Tu me grondes un peu sévèrement, ma chère Eliza ; eh bien!
je tâcherai d'être plus réservé. Vous
autres demoiselles voyez toujours
des fautômes qui allarment votre
pudeur. J'étais aujourd'hui disposé
à profiter d'une fête charmante que
notre colonel donne, lorsque j'ai
appris que Solignac était en prison, cette nouvelle a dissipé sou-
dain le prestige du plaisir, il
sé conduit si régulièrement qu'il
est difficile d'imaginer, ce qui

peut lui avoir attiré cette punition;
mais le mystère que l'on fait de
la cause semble fixer l'imagination sur des faits graves ; je suis
allé le voir, il ne m'a pas dit
de quoi il s'agissait, au surplus
ce qui doit le consoler, et lui
prouver combien il est aimé,
c'est l'intérêt que prennent à lui
tous nos camarades ; on a demandé sa grâce au colonel, qui
la refusée quoiqu'il lui soit fort
attaché. Cela me rend tout triste,
et m'empêche de jouir de mes
succès auprès d'une belle dame ;
mais ne t'éffarouche pas, ma sœur,
c'est une veuve aimable, opu-
lente. Qui sait si l'amour, ce petit dieu espiègle, ne voudrait par
cette fois, dénouer en ma faveur
le bandeau de l'aveugle fortune ?
Je suis fort disposé à profiter
de l'occasion, et à réparer mes étourderies ;

deries ; crois-moi, ma sœur, si
l'auguste sacrement enchaîne une
fois ma liberté, je serai le plus
raisonnable des maris ; plus de
goûts volages, plus d'écarts ; tout
entier aux attentions, j'aurai pour
mon heureuse moitié, les préve-
nances d'un amant empressé, et la
sagesse d'un mari fidèle : en bonne
foi, tu dois avoir ma conversion assez
à cœur pour désirer que ma charmante veuve l'entreprenne. Je sens
que guidé par un apôtre aussi
aimable, je ne pourrai manquer
de devenir un zélé prosélite, en
attendant que mon heure soit venue
je t'envoie, ma chère amie, un
petit cadeau pour ta fête, sa médiocrité, est proportionnée à celle de
mes finances mais,

Bon cœur est toujours satisfait,
D'une légère offrande ;

Tome II. 12

Ce n'est ni présent, ni bouquet
Que l'amitié demande.

En vérité tu es ma muse , car
voilà les premiers vers que j'aie
faits de ma vie ; tous mauvais
qu'ils sont, ils doivent te flatter,
parce qu'ils sont dictés par un cœur
tendre et qui t'aime bien. Jusqu'à
présent j'ai été fidèle à la parole
donnée à M. d'Arson , mais je
veux te confier , qu'hier il s'en
est peu fallu , que je n'aie suc-
combé à la tentation ; je n'avais
pas Solignac pour me retenir , et
ma pauvre raison défaillante allait
me laisser en proie aux remords,
heureusement que mon bon génie
m'a préservé du péril ; une autre
fois je t'entretiendrai plus lon-
guement là dessus , qu'il te suf-
fise de savoir que ton frère Jules
a profité de ses derniers malheurs.

JULES.

LETTRE XXXVIII.

Eliza à madame de Florzel.

QUE vous êtes sévère, madame !
malheureusement je n'ai point de
raisons à opposer aux vôtres,
aussi je me reconnais coupable ;
mais comment m'y prendre pour
réparer mon imprudence ? Maman
l'ignore, il est vrai ; je vous assure néanmoins que ce n'est pas
manque de confiance, et la preuve,
c'est que je viens de lui en parler, mais l'empressement que j'a-
vais à faire plaisir à Solignac,
m'a empêché d'en sentir l'imprudence. Craignant que votre crainte
ne se réalisât, j'ai cousu ce por-

trait entre les deux doubles de
mon corset ; de cette manière il
repose sur mon cœur , et si je
suis privé de le voir , je m'en
dédommage en le rendant discret
dépositaire de tous les battemens
de ce cœur si tendre , et qui dans
ce moment est bien affecté. Solignac est en prison , j'en ignore
la cause ; et personne ne la sait
au régiment, on n'a rien vu dans
sa conduite de répréhensible , il
a toujours fait son devoir exac-
tement ; cependant on le punit
sévèrement, et je ne sais qu'en con-
clure ; il est trop honnête pour
avoir rien fait de grâve , mais
sa réserve me peine ; s'il a des
torts pourquoi ne pas les confier
à son amie ? S'il est puni injus-
tement pourquoi ne pas venir chercher des consolations auprès de son
amie ; je plaide intérieurement sa
cause , et désire pouvoir prompte-

ment l'absoudre je vais lui écrire;
pour savoir de lui s'il est coupable
ou malheureux ; vous m'avez fait
espérer , madame, que votre retour
serait prochain , cependant vous ne
revenez point. Ah, dussiez-vous me
gronder bien fort , venez promptement recevoir les tendres assurances
de l'amitié.

d'ELIZA.

~~~~~~~~~~~~~~~~~~~~~~~~~~~~~~~~~~~~~~

LETTRE XXXIX.

Eliza à Solignac.

Tu souffres, mon cher ami, et ce n'est pas auprès de ton Eliza que tu cherches ta guérison ? C'est d'un autre que de toi, que j'apprends ton emprisonnemeut, pourquoi cette réserve, mon ami. Mon cœur n'est-il pas toujours prêt à partager tes peines comme tes plaisirs ? Et me les laisser ignorer, n'est-ce pas former un doute contre ma tendresse ? si cela était combien tu serais injuste, j'aime mieux croire que c'est la crainte de m'affliger qui te fait garder le silence ; eh bien , romps le ,

cher ami, parce que l'incertitude
du mal est pire que le mal même.
Mon ami ne peut rien avoir fait
contre l'honneur , et si comme
tous les humains , il est soumis
à quelque faiblesse, Eliza t'en ai-
merait - elle moins ? Non , mon
ami, j'aurais trop à souffrir, si
je te croyais parfait , alors je serais trop loin de toi ; dépose dans
le sein de l'amitié tes fautes ou
tes malheurs ; songe cependant que
l'amour et l'amitié n'exigent rien
de la confiance, que ce qu'elle veut
bien leur accorder , mais le seul
désir d'alléger tes peines me porte à
désirer de les connaître. Pauvre
Solignac ! Triste, et peut-être souvent seul , tu n'éprouves de distractions que par ton goût pour
l'étude , peut-être aussi le portrait
d'Eliza fixe-t-il souvent tes regards ?
En vérité, je crois que j'aimerais mieux
que Jules fut à ta place; il me don-

nerait moins d'inquiétude ; croirais
tu qu'il me mande avec le ton le plus
léger, qu'il a manqué de se laisser
entraîner de nouveau au jeu ? Il attribue cette légereté à ce que tu n'es
pas là pour le guider ; sors donc bien
vîte de prison pour être son mentor
ainsi que pour tranquilliser ton

ELIZA.

LETTRE

LETTRE XL.

Solignac à Eliza.

Tu m'as rendu justice, ma chère cousine, en supposant à ma réserve, la crainte de t'affliger. Je souffre, il est vrai, mais de l'injustice des hommes et non des reproches que j'aurais à me faire, car jamais mon ame ne fut plus calme ; le seul sentiment qui l'agite est celui que tu m'inspires. Je partage aussi les peines de Duroset, le colonel est parvenu à faire casser l'étourdi de Beaunoir ; tu dévines combien il doit en vouloir à Du Roset, qui a fait tout ce qu'un excellent cœur et les liens du sang lui prescrivaient, pour conserver à son parent l'honneur et son état. Partout on fait la cour au maître ; il semble, depuis ce tems, que nos camarades se fassent un plaisir

cruel d'humilier Du Roset, en refu-
sant même de jouer avec lui, de sorte
que pour s'être conduit comme un
galant homme, il se trouve isolé au
milieu du régiment. Je n'imiterai pas
cette lâcheté, et dussé-je encourir
la haine du colonel, je ne cesserai
pas de regarder comme mon ami,
et de traiter publiquement comme
tel, celui que je n'ai aucune raison
de mésestimer. Duroset vient souvent partager ma solitude ; la philosophie et mon amitié servent de
palliatifs à ses chagrins. Que la captivité que je souffre ne t'allarme ni
ne t'afflige, car je ne l'ai pas mé-
ritée. Je m'en console en pensant
qu'un jour viendra, où je pourrai
déposer dans le sein de l'amitié mes
chagrins actuels ; alors le présent ef-
facera jusqu'aux traces du passé.
Fais de même, ma bien-aimée, ne
regarde mes souffrances que comme
un nuage passager que l'aurore d'un

beau jour aura bientôt dissipé. Ton
frère est effectivement bien léger,
mais il a le cœur bon, et c'est une
ressource incalculable ; malheureusement je ne puis pas le retenir tant
que je serai en prison. Je le vois
peu , sa vivacité ne s'accommode
pas de la tristesse du séjour que
j'habite, il lui faut de la dissipation,
et il en cherche ; puisse-t-il n'en point
rencontrer de dangereuse ! Je sais
qu'il s'attache au char de l'aimable
veuve, dont je t'ai parlé à mon
arrivée ici. Je la crois propre à
le retenir sur les écarts du jeu, quant
à ceux de l'imagination, elle leur
donnera un vaste champ, car malgré son affectation de pruderie, on
dit.... mais je me tais, tu n'aimes
ni la médisance ni la calomnie, et
je t'approuve ; car ce sont les armes
des méchans. Adieu, mon Eliza,
crois que t'aimer, et te le dire, sont
mes plus douces occupations.

SOLIGNAC.

~~~~~~

LETTRE XLII.

Solignac à son père.

VOUS avez voulu, monsieur, me
faire sentir toute l'étendue de votre
autorité, mon respect ne lui avait
jamais donné de bornes ; si le refus
que je fais des dons de la fortune,
est capable de me priver de votre
tendresse, ne dois-je pas penser que
vous mettez vos plaisirs à régner,
plutôt qu'à faire le bonheur de ceux
qui vous sont soumis. Traité par vos
ordres comme un coupable, je dois
le paraître aux yeux de la société ;
ma conscience seule me dédommage
de ce que souffre mon amour-propre.
Je crois devoir vous ouvrir mon
cœur, afin que vous jugiez qu'il est
inutile d'employer la rigueur à mon
égard. Mon cœur s'est donné, monsieur, il ne peut être à ma cousine

d'Esparbès; ne croyez pas voir dans
cet aveu, une fantaisie passagère,
que la jouissance détruira, ou que
la frivolité a fait naître ; non, monsieur, mon choix est réfléchi, il porte
sur une jeune personne bien née,
peu riche à la vérité, mais qui a
reçu une excellente éducation. Je lui
ai voué un attachement, que la
mort seule pourra rompre. Je ne
suit pas séduit, ce sont ses excellentes qualités seules qui m'ont enchaîné, car elle n'est pas jolie. Le
serment que j'ai fait et que je re-
nouvelle ici de l'aimer toute ma vie,
m'est aussi sacré que s'il avait été
prononcé sur l'autel de l'hymen :
trop jeune pour me marier, je n'aspire à cet heureux évènement, que
quand ma conduite militaire m'aura
donné une certaine considération,
jamais je n'ai méconnu mes devoirs
au point de prendre un engagement
qui n'aurait pas votre appobation ;

et si je ne vous en ai pas parlé plutôt, c'est que je voyais dans un trop
grand éloignement l'accomplissement
de ce projet ; mais si je reconnais
le droit sacré de votre volonté que
je n'enfreindrai jamais, je me crois
de même celui de refuser, que l'on
dispose de ma personne sans mon
aveu, et j'ai l'honneur de vous réïté-
rer l'assurance, que je serai invariable
sur cet article ; ne voyez dans ma
résistance à vous obéir, que l'usage
des droits les plus imprescriptibles,
et qu'elle ne m'enlève pas une tendresse qui m'est précieuse, et que je
ne mérite pas de perdre ; si je me
croyais coupable, je vous suplierais
de faire cesser une captivité, qui fixe
sur moi la curiosité et les conjectures
les plus malignes, mais innocent, je
n'ai que des réprésentations à vous
faire, veuillez les accueillir avec
bonté, et ne consulter que votre
impartialité. Alors je pourrai conce-

voir l'espérance que mon père ou-
vrira bientôt les portes que sa sévérité a fermées : en attendant cette
époque désirée, recevez l'assurance
de mon profond respect.

SOLIGNAC.

LETTRE XLII.

Réponse.

A merveille, monsieur, à merveille, je vois que vous possédez à fond la philosophie du jour ; selon vous, mon autorité est réduite à bien peu de chose je conçois qu'avec un goût aussi sûr, un jugement aussi éclairé que le vôtre, on peut faire un choix sans l'aveu de son père, et, en vérité, je suis tout-à-fait édifié que vous daigniez reconnaître, dans votre sagesse, que mon consentement vous soit nécessaire. Vous ne doutez probablement pas que je ne vous l'accorde, vos calculs là-des-

sus pourraient être moins sûrs que
quand vous trouvez la solution
d'un problême d'algébre, mais le
tems est un grand maître, en ce
qu'il envahit tout, et qui sait si
sa faulx impitoyable en mettant un
terme à ma vie ainsi qu'à mes refus, ne sécondera pas votre tendresse filiale ! Non, mon fils, je
ne souffrirai pas que vous résis-
tiez à mon autorité, je n'en suis
jaloux que parce qu'elle doit vous
empêcher de faire des sottises ; je
vous ai signifié ma volonté, vous
l'accomplirez; ou vous resterez en
prison, peut-être ce rare objet
de votre immuable tendresse; vient-
il vous y prodiguer les plus douces
consolations, mais je saurai y
mettre ordre. Si je n'ai eu jusqu'à
présent aucune plainte à faire de
vous, je l'ai peut-être dû à la connaissance que vous aviez de ma fermeté; vous n'avez pas donné dans

un déréglement de passions , vous donnez actuellement dans un déréglement d'idés, les vôtres étant des plus absurdes ; la solitude, en vous donnant le tems de réfléchir, vous ramenera, j'espère, à des principes plus vrais, jusqu'à ce moment vous n'avez rien à espérer de moi.

Le baron de SOLIGNAC.

~~~~~~

LETTRE XLIII.

Jules Alberti à Eliza.

JE viens enfin de découvrir le
grand secret de la prison de Solignac ; en vérité il est trop ri-
sible , pour que je ne me hâte
pas de te l'apprendre, n'aies plus
d'inquiétudes sur notre ami, que je
donne au diable de bon cœur ,
pour n'avoir pas voulu me dire
ce ridicule mystère. Imagine-toi
qu'il avait un bien heureux oncle, qui en allant s'asseoir auprès des anges, a pris l'admi-
rable fantaisie de faire un testament en faveur du fortuné Soli-
lignac ; il lui laisse la moitié de
son bien à condition qu'il épou-
sera sa fille unique , jeune pou-
lette de quatorze ans, jolie comme

les amours. Notre nigaud de cousin, enchaîné peut - être par quelque beauté habitante du pays de la lune , refuse d'obéir à son père , qui veut le forcer à quitter le service , pour manger , paisiblement , quinze bonnes mille livres de rente ; irrité de ses refus , ce père absolu a écrit au colonel pour le prier de le mettre en prison jusqu'à ce qu'il lui plaise de donner son nom à sa jolie petite cousine , et voilà la cause de tout ce grand fracas ; en vérité je cours trouver le désintéressé Solignac , pour lui proposer de me prendre pour son subtitut , s'il veut me céder ses droits , je lui promets en échange , tous ceux que j'ai sur trois ou quatre jolies femmes de Toul. Ce qui m'intrigue beaucoup c'est de savoir quelle peut-être cette beauté qui a eu l'art d'enlacer le cœur du philosophe

Solignac. Sans doute quelque veuve expérimentée aura voulu entreprendre son éducation ; et ayant trouvé qu'il n'est qu'à l'a b c de l'amour, elle le mène à la lisière, quoiqu'il en soit, je sais mauvais gré à Solignac d'avoir allarmé l'amitié, pour un semblable caprice, à sa place, j'aurais bientôt tout terminé, mais le vieux père a pris la chose au sérieux, et a prié le colonel d'être sévère, ce que celui-ci exécute volontiers, à cause de la liaison de Solignac avec Du Roset ; cette conduite du chef est aussi arbitraire qu'injuste, a-t-on jamais mis un homme en prison parce qu'il ne voulait pas se marier ? Ce n'est sûrement pas un délit militaire. Adieu, ma bonne sœur, sois rassurée sur le singulier Solignac. Que la fortune m'envoye la même épreuve, à coup sûr je ne me ferai pas mettre en prison.

JULES.

~~~~~~

LETTRE XLIV.

Eliza à madame de Florzel.

Ou fuir, madame, pour cacher ma douleur, mon désespoir ? Hélas, ce n'est que dans le sein de l'amitié, et je viens m'y refugier ! .... Lisez l'horrible nouvelle que Jules vient de m'apprendre, elle vous mettra au fait de ce qui doit causer le tourment de ma vie. Adorer Solignac ? Renoncer à lui lorsqu'il me donne la plus forte preuve de son amour ? N'importe je le dois ! ... Mot cruel qui anéantit dans un instant tout l'édifice du bonheur que ma crédule imagination s'était plu à élever ! .. Ainsi l'or, ce métal que je déteste, décidera toujours du bonheur des humains ; ainsi les plus

doux sentimens de la nature, les
rapports de caractères, l'union intime et sacrée de deux cœurs, seront sacrifiés, à quoi? à l'ambition,
à l'intérêt, à une autorité qui n'est
plus respectable dès qu'elle devient
tyranique ! ... Que dis-je malheureuse ! ... J'ose blasphémer contre
les droits sacrés de la nature ! Solignac fut fils, avant d'être amant,
serais-je moins délicate, moins généreuse que lui ! Lorsqu'il m'épargne,
jusqu'à l'aveu de ses chagrins, abu-
serais-je de sa grandeur d'ame ? Non,
Solignac, non, je saurai me sacrifier en renonçant à toi, je prouverai que j'étais digne de ta tendresse ? .. Affreux sacrifice ! Aurai-
je la force de te consommer ? ...
Soutenez-moi, madame, affermissez-
moi contre ma faiblesse, dites-moi
repetez-moi sans cesse, Eliza sois
aussi forte que tendre ; si j'y par-
viens, je serai capable de tout.. ..

Oui de tout.. Pardonnez au désordre
de mes idées, mais je ne sens rien fai-
blement , vingt fois le délire du désespoir a conduit ma main sur l'arme
meurtrière, qui en abrégeant ma vie,
pouvait abréger mes tourmens , et
vingt fois mes yeux, rencontrant ceux
de ma respectable mère, ont retenu
ma main prête à commettre un
crime. Je me suis dit: tu n'existes pas
pour toi seule, il faut savoir vivre
et souffrir. Que mes peines sont peu
proportionnées à mes forces ! Que
de mouvemens tumultueux s'élèvent
dans mon ame ! Je voudrais !... Ne
pas être la plus malheureuse des
femmes ! Et cependant prouver que
je suis la plus généreuse.. O vertu!
Pourquoi n'est-tu pas un être phan-
tastique? Pourquoi !.. Je déraisonne;
mes idées s'obcurcissent ; peut être
qu'une heureuse aliénation en alté-
rant ma mémoire, m'épargnera les
chagrins déchirans qui m'attendent;

peut-

peut-être que la mort en entraînant
au tombeau ma dépouille mortelle,
viendra combler mes souhaits ! O
mort ! Ouvre-moi ton goufre ! Englou-
tis l'insensée qui s'est livrée trop entièrement à la passion que son objet
semblait rendre excusable ! ... Par
pitié ! Madame, consolez-moi, arra-
chez-moi à ces idées sinistres qui
m'obsédent à chaque instant, et qui
abattent mes forces déjà bien défail-
lantes ! O, ma mère, je prouverai que
je suis digne de vous, j'ordonnerai à
Solignac de renoncer à moi, je lui
jurerai que je renonce !.. Oui que je
renonce à lui !

E L I Z A.

~~~~~~

LETTRE XLV.

M. *Alberti à madame de Florzel.*

Si jamais l'amitié eut le droit de réclamer vos secours , accordez les vôtres, madame, à la plus désolée des mères. Ma fille est à toute extrémité, les médecins désespèrent de sa vie , et ce n'est plus que du ciel que j'attends qu'il rende ce cher enfant à mes vœux et à mes larmes. Il y a cinq jours qu'inquiète de ne la pas voir , je montai dans sa chambre, où je l'ai trouvé étendue sans mouvement contre son sécrétaire ; une plume qu'elle serrait convulsive-

ment , me fit présumer que cet
accident lui était arrivé en écrivant, et après lui avoir prodigué des
secours qui l'ont rendue à la vie,
je jettai les yeux sur cette lettre
qui vous était adressée, et que je
vous envoye. Vous y verrez que
la violence extrême qu'elle s'est
faite pour fixer ses résolutions ,
est ce qui l'a conduite aux portes
du tombeau. A peine l'eut-on mise
au lit qu'une fièvre ardente se ma-
nifesta avec les symptômes les plus
allarmans ; le nom de Solignac
échappe sans cesse à ses levres,
mais il semble , malgré son délire , que la pudeur veuille le
retenir ; car il n'y a que moi
qui puisse deviner ce qu'elle veut
dire. Mon Dieu, rends cette malheureuse enfant à ma tendresse ,
ou tranche le fil de ma vie en
même tems que la sienne. Ce qui
me rendrait sa perte encore plus

insupportable , c'est que si ses
passions sont violentes ; rien n'é-
gale la bonté de son cœur. Quelquefois je m'accuse d'avoir favorisé par mon indulgente bonté une
liaison qui va faire le malheur
de ma fille , puis j'accuse le baron
de Solignac d'une sévérité extrême;
car , à la fortune près , qui n'est
pas aussi brillante de notre côté ,
je trouvais dans le mariage de Solignac avec Eliza, toutes les convenances réunies, et le caractère de cet
intéressant jeune homme me semblait
fait pour assurer le bonheur de ma
fille. Je ne sais plus que désirer ,
que craindre. Sans doute je ne con-
sentirais pas qu'Eliza entrât dans
une famille où elle ne serait pas vue
avec plaisir, et elle a trop de fierté
pour le vouloir elle même, l'avenir
ne m'offre donc en perspective, que
des combats et des sacrifices bien pé-
nibles ! Venez donc, madame, je vous

en conjure ; votre présence m'aidera
à ramener un peu de calme dans la
tête de cette chère malade, elle vous
est trop tendrement attachée, pour ne
pas sentir tout le prix de cette complaisance.

ALBERTI.

LETTRE XLVI.

Solignac à madame Alberti.

QUE viens-je d'apprendre , madame, Eliza aux portes de la mort? Eliza n'existe peut-être plus ! Et moi enchaîné par des ordres barbares je ne puis voler à son secours, ni vous offrir aucune consolation ? Ah, que dis-je ! également attachés à cette chère malade, vous par les liens du sang, moi par d'autres non moins forts, nous gémirions ensemble ; il me serait doux de partager votre douleur. Vous êtes ma mère, madame, daignez prendre pitié de votre fils; qu'un mot de votre main, veuille bien me rassurer, ou combler mes allarmes; ah ! si ma volonté était libre, je serais bientôt à vos pieds, mais des

barrières insurmontables me re-
tiennent, je suis forcé de dévorer
seul la douleur qui m'accable, tous
mes amis sont malheureux, et trop
occupés de leurs peines pour partager les miennes!.. Elles sont bien
étendues!.. Bien cruelles. Adieu, ma
respectable mère, puisse le protec-
teur de la vertu, ne pas enlever à
votre tendresse, celle qui en est si
digne, et la rendre à nos vœux réunis! J'ai l'honneur d'être madame, etc.

SOLIGNAC.

LETTRE XLVII.

Réponse.

ELIZA nous est enfin rendue, monsieur; et si le danger n'est pas totalement passé, il n'y a plus rien d'allarmant dans son état, je me hâte de vous faire part de cette bonne nouvelle; je sais tout l'intérêt que vous y prenez; vous ne m'avez pas parlé de votre situation, je la connais, ainsi qu'Eliza. Tout en admirant votre désintéressement, je ne puis m'empêcher de vous communiquer quelques réflexions, qui n'ont que l'amitié pour motifs. Vous aimiez Eliza, et cette tendresse était trop pure, trop désintéressée pour que

j'aie

j'aie pu vous en faire un crime ;
vous m'avez prouvé même que
vous saviez la circonscrire dans
les bornes du devoir, et en me
forçant par votre conduite de joindre l'estime à l'intérêt que vous
m'avez déjà inspiré, je me suis
livré peut-être trop légèrement
à l'espoir de vous voir un jour
l'époux de ma fille ; les événemens qui vous sont arrivés, chan-
gent totalement la face des choses, la volonté de monsieur votre père élève entre nous une barrière insurmontable ; rien de plus
noble et de plus délicat de votre
part, que d'avoir tû à ma fille
les sacrifices que vous vouliez lui
faire ; mais vous êtes trop raisonnable, pour ne pas sentir que
du moment où ces sacrifices nous
sont connus, nous ne pouvons
ni ne devons les accepter. Je
regrette sincérement que cette im

possibilité· existe , j'aurais mis mon
bonheur à vous appeller mon fils ;
cette douce illusion est remplacée
par des regrets. Ne croyez pas
qu'en empruntant de la raison ,
les armes qu'elle doit me fournir,
ce soit son langage et le mien
que je vous parle ; non , monsieur , c'est Eliza elle - même , qui
trop faible encore pour vous écrire,
me charge d'être son interprête
auprès de vous. Plus ma fille vous
aime , moins elle peut - être à
vous ; dès qu'elle aura recouvré
assez de forces , elle discutera avec
vous les droits de la raison et
du devoir : l'avenir vous fera
trouver dans celle qui vous est
destinée , des qualités qui vous at-
tacheront ; soyez donc assez juste,
pour sentir qu'un père n'emploie
jamais l'étendue de son autorité ,
que pour le bonheur et l'intérêt
de ses enfans. Adieu , monsieur ;

donnez-nous la satisfaction d'adhé-
rer à nos désirs, en faisant cesser
une captivité qui peut vous faire
tort dans le monde, et qui afflige
sincérement vos amis, surtout celle
qui est avec affection.

DE FLORZEL.

~~~~~~

LETTRE XLVIII.

Eliza à Solignac.

LA mort n'a pas encore tranché
le fil d'une vie que je n'aimais que
pour t'en consacrer tous les instans ; me voilà rendue à la vie,
à la tendresse filiale, à l'amitié,
mais perdue à jamais pour l'amour.
C'est la dernière fois que ma main
osera tracer ce mot ; mais auparavant je viens te demander, exiger
même, une dernière preuve d'un
sentiment que je dois ignorer désormais !... J'ai su la cause de ta
tristesse et de tes chagrins. J'ai reconnu mon ami à son généreux si-

lence ; le regret de te perdre a seul
causé ma maladie, ô Solignac je
t'adore.. Je t'aime plus que la vie,
et n'aimerai que toi, mais jamais
je ne serai à toi, j'en fais le serment irrévocable, et j'ai prié maman de t'en prévenir, afin que tu
n'opposes pas à ma résolution une
résistance qui ne ferait qu'aigrir ma
douleur ; plus l'effort que je te demande est grand, plus le sacrifice
que j'exige est pénible, plus tu es
digne de l'accomplir, si comme tu
me l'as dit souvent, ma volonté est
ta loi suprême ; quelle gloire pour
moi d'obtenir de toi, ce que les
prestiges de l'ambition, les caresses
de la fortune, les ordres d'un père,
et toute sa sévérité, n'ont pu obtenir ? Tu as pu résister à la volonté de l'auteur de tes jours, mais
tu ne pourras être indocile à celle
de ton ama... de ton amie ! Pour-
rais-tu méconnaître mes droits ? Je

ne serai jamais à toi, je te prie, je t'ordonne, de t'acoutumer à cette idée. Il faut épouser ta cousine, et recouvrer la tendresse de ton père, ainsi que ta liberté. Accoutumée déjà à ce nouvel ordre de choses, je descends dans mon ame, et n'y trouve que la satisfaction d'avoir accompli mon devoir ; sans doute je me serais crue trop heureuse de t'appartenir, mais l'idée que pour parvenir à ce but, il faudrait méconnaître et violer les loix les plus sacrées de la nature, empoisonnerait à jamais mon existence ; l'honneur, la délicatesse, l'amour-propre me défendent d'entrer dans une famille, dans laquelle je ne serais admise que par ton aveu, dignes l'un de l'autre, nous saurons sacrifier nos passions, nos penchans, notre volonté au devoir, voilà l'arrêt sans appel que

ma bouche, interprête de mon cœur,
a prononcé ; désormais plus d'a-
mant, il n'existe que l'amie, si
même je me crois permis de conserver ce titre, il n'en est pas de
même de notre corespondance, je
dois te regarder comme l'époux
et la propriété d'une autre, toute
liaison entre nous serait sinon coupable, au moins imprudente et dangereuse : on ne renonce pas dans un
moment, à ses goûts, et ses habitu-
des, à moins que l'on ne prenne de
grands moyens, pour y parvenir,
le seul qui puisse nous réussir, est
une cessation absolue, de toute correspondance ; accoutume-toi, mon
ami, à regarder ta cousine, comme
le seul être qui doive fixer tes vœux
et tes sentimens. Du moment où j'ai
su la cause de ton emprisonnement,
je n'ai pas hésité sur le parti que je
devais prendre, et je présume trop
bien de ton cœur, pour craindre

que tu n'aies pas le même courage ;
si trop pusillanime pour écouter la
voix de la vertu, tu balançais....
Mais, non, l'homme que j'honore
de mon estime, et qui possédat tout
mon amour, ne peut manquer de
courage. Adieu, donc, pour la dernière fois.

ELIZA.

LETTRE XLIX.

Eliza à madame de Florzel

LE sacrifice est consommé, madame, et l'infortunée Eliza vient de prononcer le serment de renoncer pour jamais au bonheur. L'impérieux devoir l'exigait, j'ai obéi; que l'amitié me dédommage de ce douloureux triomphe ; vous m'avez prouvé, madame, qu'elle avait la tendre sollicitude de l'amour, ce sont vos soins compatissans qui ont contribué à ranimer l'étincelle de vie qui me reste encore, est-ce un bienfait ?.. Je ne vous en dois pas moins toute ma reconnaissance; il n'est plus d'amant, plus de Solignac pour moi! Mais il me reste une mère, une amie, je ne suis pas tout-à-fait malheureuse. Ce n'est qu'à présent que je sens toute la sagesse des conseils que vous me donnâtes il y a deux ans, mais si ma faiblesse me rendit susceptible d'erreurs, j'ai assez de courage pour ne pas me laisser abattre. Votre approbation m'encouragera, je l'attends avec une vive impatience, et vous m'avez trop prouvé combien votre tendresse était sincère, pour que je puisse redouter que vous ne m'en donniez pas encore de nouvelles preuves; la campagne de ma tante est si près de la ville que vous ne refuserez pas de venir nous voir quelquefois, rien ne hâtera autant mon rétablissement. Maman vous dit mille choses tendres.

ELIZA.

LETTRE L.

Réponse.

Vous avez agi comme une ame noble et remplie d'énergie devait le faire, ma chère Eliza ; mais il ne faut pas vous étonner de l'agitation où vous êtes, et des regrets que vous éprouvés ; les droits de la nature et de la sensibilité ont été sacrifiés à des intérêts plus grands, plus généreux, il ne faut pas leur interdire jusqu'à la triste jouissance, de murmurer ; votre conduite est celle d'un ange, et bien sûrement je n'aurais pas eu assez d'éner-

gie pour me décider aussi promptement, et aussi courageusement
que vous l'avez fait, il vous reste
à soutenir ce grand ouvrage, et
pour cela vous avez besoin de
fermeté; mais je vous invite à ne
pas trop vous roidir contre des
souvenirs inévitables ce serait le
moyen d'exaspérer votre imagination; et tous les extrêmes sont
dangereux, ce n'est pas tout d'un
coup que vous pouvez bannir une
idée qui vous était si chère, faites ensorte seulement de ne pas trop
vous y livrer, et ce sera un grand
point de gagné; il vous faut des
distractions; la vie de la campagne en offre d'un genre qui
vous convient, ne négligez pas
surtout le châlet du bon père Jérôme, et soyez sûre que, dès
que je le pourrai, j'irai vous voir,
et chercher à captiver les bonnes
grâces du bon vieillard; mais

l'esprit d'insurection qui fermente
depuis si long-tems, prend le caractère le plus allarmans. On in-
sulte dans les rues ; des gens
inconnus proférent hautement contre la famille royale, les riches,
et les nobles, les vociférations les
plus atroces ; il y a eu une émeute
dans la garnison, vous pensez d'a-
près cela que le séjour de la campagne est bien préférable à celui de la
ville ; mais il faut savoir à quoi s'en
tenir avant de s'éloigner ; je m'occupe cependant beaucoup plus de
ma chère Eliza, que des orages po-
litiques quelle que soit leur impor-
tance. J'aime à croire que votre ame
éprouvée par le malheur, a acquis
toute la solidité qui convient à l'amitié, et a rapproché totalement la différence de nos âges ; nous causerons
de nos peines mutuelles, nous pleu-
rerons sur nos chagrins, et cette confiance réciproque en adoucira l'a-

mertume ; vous me parlerez de Solignac, je vous entretiendrai de l'ingrat Florzel, et toutes deux malheureuses par des effets bien différens
émanés cependant de la même cause,
nous abjurerons à jamais l'empire
funeste des passions, pour ne nous
occuper que de la vertu, et des
délices inéfables qu'elle réserve à ses
favoris. Adieu ma chère enfant.

DE FLORZEL.

~~~~~~

LETTRE LI.

M. de Solignac à Eliza.

Est-ce bien ta main qui a pu
tracer l'ordre cruel de renonrer à
toi ? Comment as-tu pu t'armer du
barbare courage qui devait réduire
au désespoir celui qui ne respire que
pour t'aimer. Mon Eliza, mon épouse,
ou tu ne m'aimes plus, ou un génie
malfaisant s'était emparé de ta volonté au moment où tu m'as dicté
cet ordre affreux ! Que sont tes raisonnemens contre l'immuable tendresse que je t'ai vonée ? Qu'est-ce
que la fortune en comparaison de
ton cœur ? Eh que m'importe la tendresse de mon père, quand sa conduite me prouve qu'il n'est qu'un

barbare. Dois - je donc regarder
comme un devoir d'être l'objet de
son despotisme et de ses spécula-
tions ? Trop fier pour être dépen-
dant, ne crois pas que je puisse
fléchir devant une autorité injuste ;
Ah, mon Eliza, aurais-tu donc ou-
blié ces momens délicieux où enivrés
de l'amour le plus pur , nous nous
jurions de nous aimer éternellement,
ton cœur fut l'évangile où je déposai
ce serment , je le tiendrai contre
toutes les puissances de la terre réunies : que m'importe tous les biens ?
N'as-tu pas la bonté, l'esprit , la
sensibilité ? Ces qualités précieuses ,
la nature te les a prodiguées généreusement. N'écoute pas une fausse
délicatesse , et ne me donne pas si
froidement de vaines raisons pour
me faire renoncer au bonheur. N'oublie pas, je t'en conjure, l'instant
où te pressant contre mon cœur, je
te fis l'aveu du plus ardent amour !

de

de celui où ta franchise me rendît
heureux par un aveu réciproque.
Lorsque ces instans enchanteurs de
notre amour se retraceront à ta mémoire, t un'aurasplus la cruelle énergie de vouloir le malheur de celui
qui ne respire que pour toi. Adieu,
mon Eliza ; Ne dis plus à ton ami,
sois malheureux ; car m'ordonner de
reuoncer à toi, n'est-ce pas la même
chose ?

SOLIGNAC.

LETTRE LII.

Eliza à Solignac.

J AI reçu votre lettre, mon cher ami ; elle me dit que vous m'aimez, chose dont je ne doutais pas, mais elle ne détruit, en aucune manière, mes raisonnemens. Il fut un tems où le dèsir d'être l'un à l'autre, nous empêcha de rien prévoir : votre famille a rompu le charme de cette douce illusion. Je ne vous dirai pas mon ami, combien cette décision m'afflige, mais la respecter, y obéir, tel est notre devoir. Votre soumission aux ordres de votre père, justifiera l'opinion que j'avais de vous ; et le soin de rendre heureuse celle qui vous est destinée pour épouse, sera

la dette d'amitié que j'exigerai de
vous et que vous acquitterez, j'en
suis sûre. Il me reste encore une
demande à vous faire ; lorsque gui-
dés par l'imprudence de notre âge,
nous n'écoutâmes que l'espérance
d'être unis, je vous donnai mon portrait, comme un gage de mon amour,
ainsi que de mon estime, maintenant
les témoignages d'une tendresse que
nous devons éteindre doivent être
anéantis : je redemande à la probité
le gage que je confiai à votre tendresse ainsi qu'à votre discrétion ;
la raison exige ce sacrifice, il faut
le faire ; oublions pour notre bonheur
mutuel que nous avons espéré d'être
l'un à l'autre. Voici la dernière lettre
que vous recevrez de moi, je ne
lirai plus rien de vous, je ne rece-
vrai que mon portrait, je vous le
redemande au nom de la vertu,
prouvez-moi que ce mot n'a jamais
été vain pour mon ami, que votre

conduite prouve à ma tendresse
qu'elle n'était pas l'effet d'un sentiment aveugle , vous me connaissez
assez pour être sûr que rien ne changera ma résolution , n'essayez donc
pas de l'ébranler , car vous n'y réus-
siriez pas. Adieu donc , encore une
fois, mon tendre ami , soyez aussi
courageux qu'

ELIZA.

~~~~~~~~~~~~~~~~~~~~~~~~~~~~~~~~

LETTRE LIII.

Solignac à Du Rozet.

J'EXISTE à peine , mon cher
Duroset, depuis que je t'ai quitté :
irrité de la conduite despotique de
mon père, j'avais juré de ne jamais
lui obéir , mais ce serment s'est
trouvé sans force , lorsque j'ai vu
ce père dont je redoutais la sévérité , descendre jusqu'à la prière pour
m'inviter à remplir les dernières intentions de mon oncle ; peut-être au-
rais-je encore résité, mais lorsque
j'ai vu mes sœurs joindre leurs larmes aux instances de mon père ,
en me fesant voir dans ses plans
la possibilité de les établir avanta-
geusement , j'ai cédé à tant de sol-

licitations, j'ai promis.... Je connais
trop la fierté d'Eliza pour croire
qu'elle eût jamais consenti à m'é-
pouser, sans l'aveu de mon père ;
elle m'a ordonné de me sacrifier ,
je le fais ; mais jamais rien ne la
remplacera dans mon cœur. Ma
cousine que l'on dit jolie, me parait
avoir une physionomie sans expression, un esprit sans finesse ; ah ,
rien au monde ne pourra remplacer
mon Eliza. Tous les objets de comparaison lui sont inférieurs· Envain
je veux me distraire de son idée ,
cela m'est impossible. Mais je te
parle de mon arrivée , sans te faire
part de ce qui l'a précédée , tu sais
que j'avais écrit trois lettres à Eliza
qu'elle m'avait renvoyées , sans les
décacheter ; désespérant de changer
sa résolution, et respectant sa volonté, je lui renvoyai enfin ce portrait auquel j'attachais tant de prix,
ton absence, dans ce moment, dou-

bla l'amertume de mes peines, et je
ne me doutais guères, généreux ami,
que tu te détournerais de cinquante
lieues, pour aller tracer à mon père
la conduite qui me ramenerait à lui.
Huit jours après ton départ, le
colonel entra dans ma prison : Solignac, me dit-il, vous êtes libre ;
votre père veut bien vous rendre sa
tendresse, mais il exige que vous
alliez passer trois mois auprès de
lui. Je ne vois pas quel prétexte
plausible vous pourriez opposer à
ses désirs ; on ne peut pas vous
marier malgré vous, il n'y a que
vous qui puissiez signer votre démission, ainsi que risquez-vous, en
contentant votre père ? Partez tout
de suite, ce sera toujours avec plaisir qu'on vous reverra au régiment.
Etonné d'un changement aussi su-
bit, je ne concevais pas ce qui
pouvait l'avoir produit, cependant
remerciant le colonel de manière à

lui laire penser que je lui savais gré
d'avoir ramené l'esprit de mon père,
je sortis avec lui , et ne fus pas fâ-
ché de partir de suite , pour éviter
les questions de nos camarades. Arrivé à Besaire , je craignais la ré-
ception de mon père , qui loin de
me témoigner de la dureté, m'a com-
blé de bontés ; le prodige a disparu
lorsque j'ai su que tu étais l'enchanteur qui l'avait opéré. Je t'en remercie , mon ami ; j'éprouve qu'il y a
de la douceur à être traité avec amitié par ses proches , et j'espère ne
plus éprouver de désagrémens de la
part de mon père. Puisque je ne puis
être uni à celle que j'aime, je tâcherai de m'accoutumer à l'idée de vivre avec un autre. Quelle différence
entre le mot vivre et aimer ! Je
ferai ensorte de ne pas quitter le
service ; c'est bien assez d'épouser ,
sans être continuellement avec une
feinme ,pour qui je n'ai aucune goût.

                                    telle

Telle est ma position, mon cher Durozet, je m'étonne d'avoir pu céder
si facilement, et je n'en attribue le
miracle qu'à la fermeté d'Eliza.

Adieu, mon ami ; puisses-tu oublier, auprès de ton amante, les
chagrins que t'ont fait éprouver ton
chef et nos camarades, et goûter
un bonheur que ne connaîtra jamais
ton ami

SOLIGNAC.

~~~~~~~~~~~~~~~~~~~~~~~~~~~~~~~~~

LETTRE LIV.

Du Roset à Solignac.

JE ne puis que te féliciter, mon cher Solignac, d'avoir pu prendre assez sur toi pour sentir ce qu'exigeaient les convenances. Quelque vif que fut ton attachement pour une femme, que je suppose douée de toutes les plus belles qualités, tu le poussais à un tel point qu'il devenait romanesque, et rappèle-toi que lorsque l'enthousiasme embellit si fort les objets, il est rare que la possession n'amène un grand changement dans la manière de voir ; alors le mécompte est d'autant plus sensible que l'exagération ayant jetté son voile magique sur les défauts, l'intimité l'a bientôt fait tomber, aussi est-il très - rare que les mariages d'inclination soyent heureux. Les circonstances t'offrent sinon des dédommagemens, au-moins des ressources ; ta cousine est bien jeune , tu lui inspireras plus facilement tes goûts et ta manière de voir. Moins indulgent pour elle que ces maris empressés, sans-cesse aux genoux de leur idôle , tu ne la gâteras pas, mais ayant pour elle les attentions et les procédés d'nn honnête homme , tu chercheras à lui plaire et à la fixer, et elle se rendra plus aimable. Tel est, mon cher ami , la perspective que j'envisage pour toi. Je t'approuve de tenir à ton état , cependant je crains que les nuages qui s'amoncèlent sur nos têtes , ne te forcent à y renoncer. Pour moi je suis décidé à le quitter , la mort de la tante de ma maîtresse a détruit le seul obstacle qui s'opposait à notre union , et madame de Fleuranges a eu la générosité de fermer les yeux sur mon peu de fortune, elle m'a assuré que le don de sa main suivrait celui de son cœur, quand je le voudrais : tu sens que ma volonté était toute prête, aussi je viens de donner ma démission au régiment, et notre mariage se fera dans un mois. Je ne suis pas ce qui s'appèle amoureux, mais je me crois sûr d'être heureux avec mon épouse, et de la rendre heureuse. Elle est fort aimable, a le cœur bon et quelques défauts, mais l'indulgence doit être réciproque, et j'ai trop besoin de la sienne, pour calculer lequel des deux doit en mettre le plus dans la société ; ainsi, mon cher Solignac, après avoir éprouvé tous deux bien des peines et des contrariétés, nous touchons à un port assuré. Tu ne pourras jamais jouir de plus de félicité que ne le désire ton ami

Dé Roset.

LETTRE LV.

Jules à Eliza.

DEPUIS long-tems, ma bonne sœur, j'attends de tes nouvelles ; après m'avoir donné d'aussi vives inquiétudes par ta maladie, comment peux-tu les prolonger en ne m'écrivant pas ? Quelques lignes à ton frère, à ton ami, ne sauraient te fatiguer, surtout si tu penses au plaisir que tu me feras. Du Roset vient de donner sa démission ; Solignac, qui doit bientôt se marier, quittera probablement aussi le service ; tout est en combustion au régiment, les soldats se sont portés en armes à la maison du colonel, et se sont faits livrer la caisse militaire ; l'émeute a été terrible, un officier a failli être massacré ; cette insubordination devient des plus allarmantes, et me fait jetter un regard d'ef-

froi sur l'avenir. Camille me mande
qu'à son régiment, les mêmes insur-
rections ont eu lieu, et que trois
personnes ont été tuées. Malgré mon
apparente légèreté, ces évènemens
m'affectent ; j'aime mon état , j'y
tiens non seulement par goût mais
par nécessité , puisque mes folies
l'ont rendu ma seule ressource : si
des évènemens malheureux me for-
çaient à le quitter, quelle serait mon
existence ? Lorsque les chefs ne sont
plus investis de la confiance et du
respect des soldats , il leur est impossible de remplir leurs fonctions
avec succès. Tu penses bien que l'a-
mour qui n'aime que les ris , s'est
enfui, à tire d'aile, d'un séjour, où
régnait la discorde , et qu'il n'est
pas assez fort pour rivaliser avec la
politique, aussi mon cœur environné
d'une triple barrière de glace, est-il
insensible aux tendres agaceries de
mon aimable veuve , toutefois má

raison pour avoir brisé le joug du
petit dieu, n'y a pas gagné beaucoup, de dépit et presque machi-
nalement, je me suis laissé entraîner dans une maison de jeu, où le
malheur m'a poursuivi comme à
l'ordinaire; j'ai perdu cinquante louis
qui me gênent extraordinairement!
j'espère assez de ton amitié pour être
sûr que tu me garderas le secret;
et que ma mère ne saura rien de
cette équipée. Dis-moi donc, chère
amie, comment on peut résister à
une passion aussi impérieuse que
celle du jeu ! J'en sens tout le danger, et malgré moi, je me laisse
toujours entraîner. C'est avec le plus
honnête de mes camarades que j'ai
perdu ces cinquante louis, il veut
bien attendre un peu, mais il n'en
faudra pas moins payer, mon honneur y est engagé ; je me regarde
comme un fou, comme un insigne
écervelé, mais ce n'est que quand
la faute est commise, et que les ré-

sultats m'embarassent que la réflexion vient, je n'en sens que mieux ma détresse, mais il n'est plus tems. J'ai quelquefois pensé qu'un bon mariage en réparant les erreurs de ma jeunesse pourrait m'assurer un avenir agréable, mais pour cela il faudrait que je mendiasse les faveurs de ces vieilles coquettes, qui veulent bien mettre à l'encan leurs charmes suranés, alors cette idée me révolte, elle blesse ma délicatesse, je ne puis supporter l'idée de sacrifier ma liberté à un tyran, qui abusera de ses dons pour me vexer, et m'imposer la contrainte la plus fatigante. Au milieu de ces irrésolutions, je reste garçon ; j'appèle la sagesse à mon secours, elle ne m'écoute guères ; mais un sentiment qui ne m'abandonne jamais, même au milieu de mes écarts, c'est celui de la tendre amitié que j'ai pour toi.

JULES ALBERTI.

LETTRE LVI.

Réponse d'Eliza.

Tu es donc fait pour accroître mes allarmes, mon cher ami ? Aux inquiétudes que doit me causer l'émeute arrivé dans ton régiment, faut-il que tu joignes celles de te voir parler avec tant de légèreté d'une nouvelle folie, que malheureusement je n'ai aucun moyen de réparer. Comment peux-tu parler avec cette indifférence d'une cause qni a failli mettre ta famille dans le plus cruel embarras ; non, sûrement je ne te conseillerai jamais d'acheter la fortune aux dépens de ton bonheur, mais en modérant tes goûts,

et en abjurant ta malheureuse passion, seras-tu donc obligé de recourir à un mariage ridicule pour avoir
une existence agréable ? En te conduisant avec prudence, il ne te sera
peut-être pas impossible de conserver ton état, si des circonstances
trop impérieuses, te forcaient à
le quitter, aimerais-tu mieux vé-
géter tristement auprès de quelque
folle qui t'aurait sacrifié sa cassette, que de faire usage des talens que la nature t'a donnés, et
des connaissances qu'une bonne éducation t'a fait acquérir ; chaque
individu, mon cher ami, doit porter avec soi les moyens de pourvoir à sa subsistance, crois-tu
qu'un coup d'œil dans l'avenir,
ne me donne pas la crainte de
voir notre fortune totalement ren-
versée; je cherche à m'accoutumer
à cette idée, je prévois, je me
crée des ressources pour l'avenir,

qui nous prémunissent contre les
atteintes du besoin ; je m'accou-
tume d'avance à restreindre toutes les petites jouissances qui tiennent
au superflu, ma mère, ma bonne
mère est la seule qui excite ma
sollicitude, mais je me dis : celle
qui souvent a vécu de privations,
celle enfin dont la douceur est si
patiente, la vertu si modeste,
les goûts si restreints ; ne se trou-
vera pas malheureuse, si les évènemens bornent seulement ses inquiétudes à des retranchemens de
fortune, et moi, moi qui la chérit, combien la plus petite jouissance qu'elle devra à mes soins,
mes attentions, mon travail même,
combien dis-je de pareilles jouissances me seront précieuses ! Tu
demandes, mon cher ami, un remède pour résister à tes passons, Ah si tu pensais souvent
à ta mère, à ta sœur, le cha-

grin que tu leur cause ; serait
un préservatif pour toi. Adieu,
mon ami, ma santé qui est toujours très faible, se rétablira peut-
être aux eaux d'Evian où maman veut bien me conduire, sois
sûr que tes inquiétudes comme
tes plaisirs seront toujours vivement partagés par ta sœur.

ELIZA.

LETTRE LVIL

M°. de Florzel à M°. Alberti.

JOUISSEZ - vous d'un peu de tranquillité , madame ? Je l'espère, et c'est à regret que je viens la troubler , mais l'attachement que j'ai pour vous, m'en fait presqu'un devoir ; à peine y a - t - il deux mois que vous êtes absente , que votre retour est indispensable , en voici la raison. Ma franchise ne cherchera pas de longues circon-locutions pour vous instruire d'une calomnie abominable, que la mé-chanceté s'est plûe à débiter; on fait courir des bruits si désavan-

tageux sur l'absence de l'aimable
Eliza , que son retour devient
la seule réponse qu'elle doive à
ses ennemis ; et qui croyez-vous
qui puisse accréditer ces bruits et
peut-être les avoir fait naître ?
l'Abbé Travers , qui décoré de
l'écharpe municipale , semble vouloir devenir un personnage im-
portant. Il n'a sans doute pas par-
donné à Solignac , et se venge
sur Eliza. J'espère , madame , que
cette nouvelle ne vous affectera
pas plus qu'elle ne le mérite , il
s'agit seulement de fermer la bouche aux méchans et aux sots ; la
présence seule d'Eliza opérera ce
prodige , je regrette que cette circonstance vous force à revenir
dans le moment où les eaux feraient
le plus de bien à notre enfant chéri,
l'agitation qui règne dans la ville
vous fera regretter doublement de
quitter un séjour tranquille , mais

la nécessité est impérieuse, et mon amitié m'a prescrit la loi de vous faire connaître combien la vertu la plus épurée est peu à l'abri de la calomnie. Soyez assurée de tout l'attachement avec lequel j'ai l'honneur d'être.

DE FLORZEL.

LETTRE LVIII.

M^e. Alberti à M^e. de Florzel.

JE suis née, madame, sous une constellation bien malheureuse, car tout ce qui m'arrive est marqué au coin de la contradiction ; à peine eus-je reçu votre lettre, que nous disposâmes tout pour notre départ ; deux jours après nous nous mîmes en route, arrivées à Moret l'on nous a arrêtées, sur je ne sais quelle formalité qui manquait à notre passeport ; nous sommes en prison ce mot seul me fait fremir, comment se peut-il faire que nous

habitions

habitions un pareil lieu ? Ma pauvre Eliza, quoique bien souffrante
de ses obstructions ; supporte sa
position avec un courage qui m'en
donne un peu, que veut-on faire
de nous ? Ce retard dans notre
retour, m'inquiète, ne servira-t-il
pas à confirmer les bruits odieux
répandus contre nous ! Je demande
quel terme doit avoir notre captivité ; on me répond qu'il faut
attendre la réponse de notre mu-
nicipalité, touchant les informa-
tions que l'on a prises sur notre civisme. Les gens qui nous
gardent ont des mines farouches
qui suffiraient pour inspirer la
terreur ; que peuvent des femmes
pour leur causer tant de crainte
Paisibles et timides créatures,
nous ne pensions qu'à regagner
nos foyers. Je compterais beau
coup sur les démarches que vo
tre amitié pourrait vous dicter en

notre faveur, si l'Abbé Travers
n'était pas officier municipal ; mais
bien certainement cet homme si
acharné à nous nuire, ne lais-
sera pas échapper une circonstance aussi favorable à ses projets ; j'ai remarqué que quand
les personnes de son état donnaient dans le mal, c'était avec
excès ; au reste que peut-il nous
faire ? Les gens vertueux ont sur
les méchans un grand avantage,
c'est de pouvoir descendre paisiblement dans l'intérieur de leur
conscience. Libre dans les fers,
on peut enchaîner mes actions,
mais non pas ma pensée ; peut-
on l'empêcher de franchir les murs
d'un cachot ? d'aller enfin jus-
ques dans l'ame du méchant son-
der les tortuosités de sa scéléra-
tesse ! Paisible, quoique malheu_
reux, l'homme de bien envisage
dans l'avenir un dédommagement

aux peines présentes ; au-lieu
que l'être dépravé effrayé de l'i-
dée d'une justice divine, aime
mieux la bannir de sa croyance,
que d'y voir le prix dû à ses
forfaits. Mon Eliza se trouve toute
étonnée de voir ses pas enchaî-
nés, sa pétulance ne s'accommode
guères de ces entraves; mais sa
tendresse pour moi, l'empêche de
laisser voir toute son impatience.
Si je pouvais produire le témoi-
gnage de nos concitoyens, pour
attester que nous nous sommes
très peu occupées des affaires po-
litiques, notre délivrance serait
bientôt assurée, mais ce maudit
Abbé m'inquiète ; cependant, madame , j'espère que votre amitié saura nous aider à vaincre
tous ces obstacles. Ce sera un
grand service à ajouter à tous
ceux pour lesquels nous vous devons déjà tant de reconnaissance,

car l'ennui, l'inquiétude ; et le chagrin rendent les jours que nous passons ici bien tristes. Combien il me tarde de pouvoir vous parler de mon tendre attachement.

ALBERTI

~~~~~~

LETTRE LIX.

Eliza à madame de Florzel.

JE suis fière d'avoir pu tromper
nos argus ; maman vous avait mandé, madame , combien nous étions
malheureuses puisque sur le plus
faible des prétextes on nous avait
privées de notre liberté , combien
j'ai souffert de voir ma respectable
mère se trouver dans une aussi
cruelle position, je prenais sur moi ,
le plus qu'il m'était possible , afin
de ne pas l'affecter , nous avions
reçu par votre femme de chambre
le détail de votre maladie, et du
boulversement arrivé dans notre
ville , la nature entière semblait

nous avoir abandonné, nous sa-
vions que Jules et Camille avaient
été obligés de quitter leurs régi-
mens, les soldats ayant chassé
leurs officiers. Six mois s'étaient
déja écoulés depuis que nous étions
dans les prisons de Moret, où
une surveillance rigoureuse chan-
geait en privations tout ce que
nous pouvions désirer ; nous com-
mencions à voir de près le fond
de notre bourse ; nos gardiens re-
doublaient de vexations, fatiguées
à l'excès d'une pareille position,
je résolus de tout tenter pour la
faire cesser ; je craignais que maman ne fut allarmée de mon projet, et je me gardai bien de lui
en faire part ; j'avais remarqué
que la partie de notre chambre
où était placée notre lit, donnait
sur une cave, maman a le sommeil
très dur, chaque nuit je me rele-
vais ; et avec le moins de bruit

possible, aidée de la pointe de
mon coûteau, je dépavais la partie, qui par son rétentissement paraissait devoir donner sur la voûte,
ce premier ouvrage fait, je parvins, non sans difficulté, à lever
une des pierres de la voûte. Il
pleuvait abondament ce qui favo-
risait notre projet ; je réveillai maman, et lui montrant le trou, par
lequel il nous était facile de passer,
nous fimes un paquet de ce qui
nous était le plus nécessaire, et
nous descendîmes dans la cave. Il
s'agissait de trouver une issue,
quelque peu de connaissance que
j'eusse du local, je savais à peu près
qu'un trapon de la cave donnait
dans la cuisine du géolier, dont
la porte donnait sur la rue, nous
gagnâmes cette bienheureuse porte
qui devait nous procurer la liberté,
et levant doucement la barre qui
la fermait en dedans, nous croyons

être hors d'exclavage, lorsqu'un *qui vive* prononcé d'une voix de stentor, nous fit connaître que nous avions encore des obstacles à vaincre ; il fallait saisir le moment où l'incommode sentinelle aurait le dos tourné, la pluie nous servit à souhait, elle devint si abondante, que la sentinelle fut obligée de se refugier dans sa guérite ; nous gagnâmes la rue avec précaution ; et ne connaissant pas le pays, nous suivîmes, au hasard le chemin qui était devant nous, le tems affreux nous fit éprouver bien des accidens, mais quoique le manque d'exercice nous eut fait perdre l'usage des jambes, la peur qui nous donnait des ailes, nous faisait oublier la fatigue, nous fûmes assez heureuses malgré maintes chûtes dans la boue, pour nous trouver à la pointe du jour sur une grande route, assez loin de Moret. Epuisées de fatigues, je ne

savais

savais comment faire pour procurer à maman de quoi réparer ses forces presqu'anéanties , mais la providence séconda nos vœux , la diligence de Genêve à Paris vint à passer , elle était vuide et nous demandâmes au conducteur s'il voulait nous prendre ; il y consentit volontiers , et nous sommes arrivées à Paris sans aucune fâcheuse aventure. Nous pensons que dans cette ville immense , il nous sera plus facile d'être ignorées , que partout ailleurs. Dans le mouvemens général qui s'opère , chacun a à craindre chez soi des ennemis , il vaut donc mieux s'isoler , et rien n'est plus facile ici. Je chercherai de l'ouvrage pour pourvoir à notre subsistance ; notre costume est extrêmement simple ; une modeste chambre au quatrième , est le discret témoin de nos privations, qui ne me paraissent douloureuses que quand elles pèsent sur

ma pauvre maman, telle est notre
situation actuelle, madame ; je ne
la trouverais pas pénible, en comparaison des six mois de prison que
nous avons éprouvé, si l'avenir ne
m'offrait une perspective effrayante,
heureusement j'ai peu de besoins,
et je ne tiens guerres à une vie,
que tant d'évènemens ont rendu malheureuse ; mais lorsque je jette les
yeux sur mon intéressante compa-
gne, lorsque je vois la triste possibilité que la misère vienne nous
atteindre, mon imagination renverse
toutes mes résolutions de courage
et de patience. Le scélérat Abbé a
eu l'atrocité de nous priver de tout,
en nous faisant inscrire sur la fatale liste de ceux qui ont abandonné
leur patrie ; il savait cependant bien
que privées de la liberté dans un
coin du territoire français, il n'était
pas en notre pouvoir, de retour-
ner au lieu de notre résidence ha-

bituelle , puissiez - vous , madame ,
être plus heureuse , ce qui me parait difficile, vû les circonstances ac-
tuelles ; si cela est possible , donnez-nous de vos nouvelles. Je laisse
au souverain arbitre des destinées le
soin de régler celles de mes frères ;
maman me charge de mille choses
tendres pour vous. Notre adresse est
à la citoyenne Bartolonné, ouvrière
en linge, rue Traversière, N°. 780,
à Paris. Je ne signe point, mais
pourriez-vous ne pas reconnaître
celle qui vous chérit tendrement.

LETTRE LX.

Réponse.

JE suis d'autant plus satisfaite, ma chère amie, que vous ayez pu vous affranchir des dangers que vous couriez qu'ils se multiplient à chaque instant ; forcé par les évènemens de quitter Nancy, je suis errante, et c'est un bonheur que votre lettre me soit parvenue. Ne m'écrivez plus par la poste, la personne qui vous remettra ma lettre, vous indiquera les moyens de correspondre avec moi tous les mois ; ce terme est bien long pour l'amitié, mais il faut bien se laisser guider par la prudence. Je suis aussi inscrite sur une liste d'émigrés quoique je n'aie jamais quitté le territoire français ; le scellé est chez vous, et vous ferez très bien de rester à Paris ; mais faites quelques connaissances pour tâcher d'obtenir des certificats de résidence ; quelque bornées que soient mes ressources, j'espère que l'amitié ne refusera pas de les partager, aussi c'est avec la confiance que peut me donner notre intimité que j'offre à mes amies la bien modique somme de cinq cents livres que je vous fais passer. Il me reste heureusement un fond, dont on n'a point connaissance, ainsi soyez tranquille sur mes moyens d'existence ; je conçois et partage vos craintes, ma bonne amie, mais croyez que cette providence qui vous a déjà retirées du danger, sera encore votre égide pour l'avenir ; ce que je redoute, c'est votre extrême pétulance, que l'intérêt de votre bonne maman vous retienne dans des momens aussi orageux. Rappelez-vous que quand le sacrifice de notre vie n'est pas utile, la religion et la nature nous ordonnent de veiller à notre conservation. Notre situation morale ressemble aux suites d'un violent tremblement de terre, rien ne reste à sa place, le cahos remplace les plaines riantes et fertiles ; la désolation et l'incertitude sont répandues par tout, *serai-je englouti ?* Voilà la question qu'on se fait vingt fois par jour, il n'y a que l'amitié qui reste immuable, goûtons en les consolations, ma bonne amie, puisque nous ne pouvons pas en goûter les plaisirs. Vous ne pourriez sans injustice douter de la mienne.

DE FLORZEL.

LETTRE LXI.

M. *Alberti à M*e. *de Florzel.*

Sɪ ce n'était pas à la meilleure
de mes amies que j'écris, je vous
parlerais madame , de ma reconnaissance, mais votre générosité ne s'accommoderait pas de
mes remerciemens , et je laisse à
votre cœur le soin de deviner ce
que le mien sent si bien. Le travail d'Eliza pourvoit à nos besoins les plus pressans, mais malgré sa bonne volonté et son
activité la pauvre enfant gagne
très-peu , je ne lui en sais pas
moins gré des soins qu'elle se

donne ; à mon âge on a moins
de ressources pour échapper à
l'hideuse misère , il n'est qu'un
moyen d'éviter le malheur ; la
fin de notre existence. Cette
idée qui me paraissait si lugubre , est actuellement le terme
de mes désirs. Cependant laisser
ma fille dans un monde inconnu,
seule, n'ayant pour ressource que
ses talens et son intelligence ?
Ah, cette idée éloigne bien vîte
un sentiment coupable ; nous
sommes ici dans l'attente du retour à la tranquillité ; qu'il est
affreux d'être éloignées de ses foyers,
de voir ses possessions envahies ,
et cela sans s'être écartées des
loix qui nous sont prescrites ;
peut-être qu'un jour Dieu permet-
tra que justice soit rendue à
l'innocent, sans oser trop m'occuper des causes, je suis trop vivement atteinte par les effets pour

les regarder avec indifférence ; dans
les circonstances malheureuses où
nous sommes le plus grand dédommagement que l'on puisse avoir, c'est
de posséder une amie telle que vous,
croyez que j'en sens tout le prix.

A L B E R T I.

~~~~~~

LETTRE LXII.

Solignac à Duroset.

Il y a long-tems, mon ami, que notre correspondance est interrompue, les évenemes ont occupé sans doute tous tes instans, j'en juge par moi-même, il n'a guèrre été possible de pouvoir déposer dans le sein de l'amitié, les peines attachées à ces évènemens. Je profite d'une lueur de tranquillité pour te donner de mes nouvelles et savoir des tiennes. Il y a deux ans que j'ai épousé ma cousine, elle a ma main, mais Eliza a toujours mon cœur ; j'ai pour

ma femme beaucoup d'estime et d'a-
mitié ; elle le mérite à tous égards,
je voudrais pouvoir lui accorder
plus , mais c'est indépendant de ma
volonté ; ayant quitté le service,
je me consacre au bonheur de ma
famille , je vis isolé, c'est le parti
le plus prudent ? et toi , cher ami,
que fais-tu ? Profitons du calme
pour renouer une correspondance,
qui me procure autant d'utililé
que d'agrément , je présume que
tranquille dans tes foyers, tu ne
t'occupes que de l'aimable épouse,
qui en te choisissant, a fait preuve
de son discernement et de son
bon goût ; je ne suis pas assez
heureux pour être père , je le
désire avec ardeur , par ce que
je crois que c'est un lien qui m'at-
tacherait davantage à ma femme,
mes sœurs sont mariées ; mon père
qui souvent avait eu des procès
avec les habitans de ses terres,

a ressenti leur vengeance, leurs
mauvais traitemens l'ont forcé à
quitter sa campagne, ce qui me
cause beaucoup d'embarras, car
on s'est bien vîte hâté de l'inscrire sur la fatale liste, quoiqu'il
n'ait jamais émigré ; il est actuellement à Paris occupé à se
faire rayer. Ma femme doit bientôt aller le joindre, étant bien
aise, dit-il, d'avoir une jolie sol-
liciteuse avec lui. Cette occasion
procurera à Me. de Solignac le
plaisir de voir la capitale, elle
s'en fait une fête, quoique le moment soit peu favorable ; je ne
l'accompagnerai pas ; et profite-
rai de son absence pour me livrer en liberté à des souvenirs
qui m'absorbent toujours ; la contrainte que je m'impose depuis
deux ans me fatigue et me tue ; un
moment de relâche apportera peut-
être dans mon ame un peu plus

de calme ; je ferai volontiers à ma raison ainsi qu'à la prudence , tous les sacrifices qu'elles exigeront, excepté celui de ma pensée , je me réserve toujours le plaisir de te la communiquer.

SOLIGNAC.

LETTRE LXIII.

Durozet à Solignac.

Tu m'as fait le plus grand plaisir, mon ami, en m'instruisant de ton existence ; je craignais que les évènemens publics ne te fissent oublier notre amitié qui restera toujours gravée dans mon cœur.

Je suis cruellement victime des malheurs de mon pays, j'ai fait la perte la plus douloureuse, celle de ma femme, elle était en couche au moment d'une émeute, la frayeur qu'elle éprouvat, l'a conduite au tombeau. L'aisance que sa généro-

sité m'a assurée ne fait qu'accroître
mes regrets, en me la rappellant à
chaque instant; j'aurais voyagé pour
chercher quelques distractions à ma
douleur, si la loi ne m'enchaînait
pas sur le sol de la république. J'ai
tout perdu, car je n'ai pas même
conservé mon enfant. Où est le
tems, mon cher Solignac, où nous
ne parlions que de nos amours ?
Hélas, à présent, lorsque j'ai quelque tableau à peindre, les couleurs
de Rembrant se trouvent seules sur
ma palette, autrefois l'Albane tail-
lait quelquefois mes crayons, actuellement, je ne suis occupé que
de deux sentimens bien vifs, l'amitié, que je t'ai vouée et l'amour
de mon pays ; souvent affecté d'une
manière déchirante sur l'un de ces
objets, j'espère que les évènemens
ne combleront pas mes maux en te
rendant malheureux. Permets, mon
cher ami, que j'use des anciens

droits de l'amitié, et que je te re-
présente combien tu es imprudent ?
Quoi, tu aspires au moment de te
livrer à un sentiment que tous tes
efforts, au contraire, devraient chercher à bannir ? Veux-tu, en rame-
nant le trouble dans ton cœur, rendre malheureuse la jeune épouse qui
en t'aimant de bonne foi compte sur
ton attachement exclusif ? Je ne suis
point étonné que tu conserves de
l'attachement pour Eliza, la manière
noble dont elle s'est conduite avec
toi doit intéresser un galant homme,
et je serais enchanté d'apprendre
qu'elle est heureuse, mais rappelle-
toi, cher ami, que cet intérêt ne
doit pas passer chez toi les bornes
de l'amitié et de la reconnaissance ;
autrement tu détruirais ta tranquillité domestique. Tu sais maîtriser tes
passions, tu as su même en faire
l'entier sacrifice à ce que tu devais
à ton père et à ta famille, qu'un retour

tour de faiblesse ne vienne pas détruire un ouvrage qui t'a trop coûté
pour ne pas le conserver. Tu aurais
bien fait d'accompagner ton épouse
à Paris, elle est bien jeune pour la
laisser voyager seule, tu trouverais
dans cette ville une dissipation sa-
lutaire, et peut-être serais-tu utile à
ton père, si quelques connaissances
que j'ai dans cette ville peuvent lui
servir, je te prie d'en user comme
des tiennes, je t'enverrai des lettres
de recommandations. Adieu, mon
cher Solignac, dans tout autre moment je te plaindrais de ne pas être
père, mais à présent peut-on regretter de ne pas avoir de postérité !

DU ROSET.

LETTRE LXIV.

Eliza à madame de Florzel.

Ou êtes-vous, madame et chère amie ? Si la haine et la vengeance pouvaient respecter la vertu, j'aurais l'heureuse certitude que votre tête a été épargnée, mais malheureusement nous avons la preuve du contraire, et je ne sais si je dois me livrer à la crainte ou à l'espoir. Je n'ai pas osé vous écrire, jusqu'à ce moment, que j'ai occasion de le faire par notre voie ordinaire, j'en profite pour vous rendre compte d'un évènement, qui m'est arrivé ces jours derniers, et qui m'a singulièrement surprise: j'avais cher-

ché par un travail assidu à pourvoir à notre existence, mais depuis quelques jours j'étais sans
ouvrage. Et je voyais avec effroi
le moment où nous manquerions
de tout, lorsque la providence,
me fit trouver un porte - feuille
dont je ne pus pas ouvrir le secret. J'attendis qu'on en fit men-
tion dans les affiches, et quelques
jours après on offrit cinq cents
livres à la personne qui rappor-
terait ce porte - feuille à l'hôtel
du Nord. Le besoin fait taire l'a-
mour - propre, et je courus moi-
même porter l'objet désigné, et
qui devait assurer pour un peu
de tems notre existence; on m'introduisit dans un appartement très-
propre, où une jeune et jolie
femme, me dépeignit très exacte-
ment le porte - feuille. Et pour
vous convaincre, ajouta - t - elle,
qu'il est à moi, je puis vous

affirmer qu'il contient quatorze mille
francs en assignats et une lettre
de mon mari datée de Bezaire,
commençant par ces mots : « j'apprends avec plaisir, ma bonne
amie, que tu n'as pas été trop
fatiguée de la route, etc etc. » elle
ouvrit le porte-feuille et ayant
vérifié les assignats elle m'en offrit
un de l'air le plus gracieux, je
le pris, et la remerciai avec reconnaissance, lorsque la regar-
dant avec plus d'attention, j'apperçus à son cou le portrait de
Solignac ? Ses traits sont trop bien
gravés dans mon cœur et dans
ma mémoire pour avoir pu m'y
méprendre ; sans doute c'est sa
femme ! Il est loin d'elle ! La
discrétion enchaînait ma langue,
mais la curiosité ainsi que l'intérêt le plus vif me retenait auprès de la jeune dame, enfin j'ai
acquis quelques faibles lumières

sur son sort, il me parait que
le père de Solignac a été obligé
de se refugier à Paris, où il sol-
licite sa radiation, sa belle fille
est avec lui. Solignac est à Bezaire. Pauvre jeune femme ! Combien elle m'intéresse, quoiqu'elle
m'ait privé du plus grand des
biens : elle est loin de ce qu'elle
aime, je la plains ; mais ne trou-
vez-vous pas étrange que l'infortune nous ait réunies par des
accidens aussi bizarres ; je refu-
sai de prendre plus que la ré-
compense promise, et je revins
au logis raconter à maman l'évènement imprévu qui venait de m'arriver. Adieu, madame, s'il est
en votre pouvoir de donner de
vos nouvelles à la pauvre Eliza,
ne lui refusez pas cette satisfaction, le prix que j'y attache
est proportionné à la tendresse
de votre

ELIZA.

~~~~~~

LETTRE LXV.

Madame de Florzel à Eliza.

Si votre vie est semée d'évènemens extraordinaires , ma chère Eliza, la mienne ne l'est pas moins , vous allez en juger par ce qui vient de m'arriver. J'avais quitté Nancy, et après avoir erré pendant quelques tems , je m'étais fixée à Toul, où je vivais de la manière la plus isolée, ma santé était mauvaise , lorsque j'entendis parler d'un docteur Polonais qui faisait beaucoup de bruit à Toul et qui opérait les cures les plus merveilleuses ; la curiosité et peut-être un peu de crédulité m'y conduisit ; j'avais changé de nom , et je me fis annoncer sous celui de

M^r. de Miran ; il était un peu tard ; on m'introduit dans un cabinet dé-coré de tout l'appareil du charlata-nisme ; à la lueur d'un fourneau sur lequel il fesait fondre des dro-gues , j'apperçus un homme vêtu à la Polonaise , d'une taille avanta-geuse ; et p ortant d'énormes mous-taches. Après quelques opérations magiques, qui diminuèrent de beau-coup ma confiance , le son d'une voix qui ne m'était pas inconnue, frappa mon oreille , dans l'instant on apporte des bougies ; et je re-connais Florzel ; me précipiter dans ses bras, le baigner de mes larmes, malgré ses torts, furent mes premiers mouvemens. Surpris et confus de re-trouver une femme qui était en droit de lui faire tant de reproches, Flor-zel hésita un instant. Enfin l'amour-propre céda, il me fit l'aveu de ses fautes, de son repentir, et des re-mords qu'il avait éprouvés d'avoir

si mal payé ma tendresse. La comédienne qui l'avait séduit, après
l'avoir complètement ruiné, l'avait
quitté pour un autre. Ne sachant où
donner de la tête, et bien résolu de
me laisser ignorer sa destinée, il
avait emprunté le costume et le ton
d'un médecin étranger, ce qui l'a-
vait fait exister assez agréablement,
il ajouta qu'il n'aurait jamais osé se
présenter devant moi, quand même
il aurait su le lieu de ma résidence,
sentant trop combien ses torts devaient lui mériter mon indignation
et ma haine, mais que mon accueil
fesait renaître dans son ame quelque lueur d'espoir; puisqu'au lieu
du courroux auquel il devait s'attendre, j'étais assez bonne pour lui
faire un accueil si amical. Je vous
avoue, ma chère Eliza, que mille
sentimens différens agitèrent mon
ame; au premier mouvement de joie
d'avoir retrouvé un homme qui m'é-
tait

tait si cher, succéda le dépit de le
voir couvert des livrées du charla-
tanisme. Mes yeux parcouraient son
accoutrement, et ma bouche avait
peine à balbutier quelques mots de
tendresse, que mon cœur ressentait
cependant bien vivement ; Florzel
dévina ma pensée, et s'approchant
de moi avec empressement: ne me
jugez pas, dit-il, sur les apparences,
et ne supposez pas que cet habit soit
la règle de mes sentimens. Si cela est,
repris-je, quittez-le, sur le champ ;
il me reste assez de fortune pour vivre, je rougirais de devoir à l'im-
posture plus d'aisance. La vivacité
qu'il mit à me satisfaire, effaça les
soupçons que j'aurais pu conserver,
et nous sommes actuellement à la
campagne, où Florzel se conduit de
manière à me faire oublier ses erreurs.

La rencontre que vous avez faite

de M^e. de Solignac est singulière ; si
réellement c'est elle, (ce dont vous
n'êtes pas bien sûre) , conduisez-
vous avec prudence ; il est trop im-
portant que cette jeune femme ignore
toujours la liaison qui a subsistée entre son mari et vous. Adieu, ma
chère Eliza, j'espère avoir recouvré
le bonheur dont j'ai été privée si
long-tems, mais cela ne nuira en rien
aux jouissances de l'amitié, et vous.
devez compter sur la mienne qui
vous est toute acquise.

DE FLORZEL.

LETTRE LXV.

Solignac à Du Roset.

Il faut que je quitte mes dieux pénates, mon ami, pour voler au secours de mon père, qui vient d'être arrêté comme suspect. Tout mon sang se glace, en pensant aux funestes conséquences que cette cruelle dénomination peut avoir ; j'aurai donc sans cesse à trembler sur le sort de ceux qui me sont chers ? Eliza ! sa mère ! leur destinée m'est inconnue ! Je sais seulement qu'elles ont été six mois en prison à Moret, d'où elles se sont échap-

pées ; mes lumières se bornent
là ; peut-être traînent-elles leur
douloureuse existence sur un sol
étranger, l'affreuse misère est leur
partage ? cette idée me déchire,
elle excite ma haine, ma vengeance, contre ce malheureux
Abbé Travers ; mais pourquoi
parler de haine, de vengeance,
lorsque l'une et l'autre sont im-
puissantes ! Je crains moins la
mort que l'indigence, qui en
pesant sur ma femme déchirerait
doublement mon cœur. Telle est
notre fatale position, que nous
sommes reduits à regretter d'avoir
formé les liens les plus sacrés
de la nature ; qui oserait à pré
sent désirer d'être père ? Et qui
ne regrette d'être époux ! Je te
quitte sur ces accablantes réflexions, désirant que tu n'éprouves
pas les mêmes maux, mais n'o-
sant l'espérer ; tu me feras un

grand plaisir de m'envoyer des
lettres pour tes connaissances de
Paris, ne pouvant les employer
dans une occasion plus importante. Adieu, mon ami.

SOLIGNAC.

LETTRE LXVI.

Du Roset à Solignac.

JE serais trop heureux d'échapper au malheur général ; ma fortune vient d'être considérablement diminuée, mais la philosophie me fait supporter cette perte avec fermeté ; dans les évènemens publics, il faut savoir se consoler des privations particulières, j'ai eu, d'ailleurs, un petit dédommagement, Beaunoir se trouvait à Toulon au moment où la populace traînait un citoyen au fatal reverbère ; sans calculer le nombre des assaillans, et comptant sur son courage,

il tire son sabre et faisant le mou‑
linet, pour écarter la multitude,
il parvient jusqu'à la victime, qu'il
saisit, sans l'examiner, il l'entraîne
avec force dans l'allée d'une mai‑
son dont il ferme la porte, lais‑
sant les furieux étonnés de son
audace : entrés dans la maison,
qui heureusement appartenait à
des gens honnêtes, on s'empresse
de donner des secours à celui
qui, ayant vu la mort de si
près, était évanoui de frayeur;
alors, Beaunoir reconnaît... no‑
tre colonel, celui qui l'a déshon‑
noré ... son premier mouvement
fut de casser son sabre, et d'en
jetter les tronçons, en disant : tu
ne dois plus servir la cause de
l'honneur, après avoir sauvé la
vie à un lâche; mais le second
mouvement plus réfléchi, fut de
se rapprocher du colonel qui le
conjurait d'oublier ses torts; Beau‑

noir a fini par lui pardonner ;
et le colonel ami intime du nouvel ambassadeur en Turquie, a
procuré à mon cousin la place
de sécrétaire d'ambassade. Je t'envoie des lettres pour Paris; quelles-
que soient les contrariétés que
j'éprouve, rien ne peut rallentir
le zèle de mon amitié ; si tu crois
que je puisse t'être utile à Paris,
dis un mot, et je partirai ; mais
je t'en conjure, mon cher Solignac ; ne t'abandonne pas aux
idées noires qui t'obsèdent, songe
que l'abattement est le partage des
ames faibles et pusillanimes ; c'est
l'adversité qui donne la mesure
de la vertu des hommes ; celui
qui sait la supporter avec énergie
a droit à l'estime de ses semblables. Tes inquiétudes sur la position de ton père sont naturelles ;
et un bon cœur ne peut manquer d'en éprouver, mais un peu

de réflexion te ramenera au sang-
froid nécessaire pour les démarches que tu dois faire , compte
donc sur un meilleur avenir, et
surtout sur le pouvoir de l'amitié.

Du Roset.

LETTRE LXVII.

Eliza à Solignac.

JE prévois votre étonnement, monsieur, en recevant une lettre d'une personne qui vous fut chère. Je ne doute pas néanmoins que vous ne la lisiez avec plaisir ; vous n'auriez pas entendu parler de moi, si un intérêt bien puissant ne l'emportait sur une réserve qui serait déplacée ; je dois vous donner des nouvelles de deux personnes qui vous aiment tendrement, et je suis toute glorieuse d'être leur interprète ; oui, mon ami, j'ai été assez heureuse pour arracher votre père et votre épouse à une mort

presqu'assurée ; tous deux trop in-
disposés pour vous écrire , me
chargent de les remplacer auprès
de vous. Dois-je refuser cette douce
mission ? D'après leur intention ,
je viens vous rendre compte des
faits qui ont amené une réunion
si extraordinaire ; un hasard fort
singulier m'avait fait connaître
M^e. de Solignac, la perte d'un
porte - feuille que j'avais trouvé ;
votre portrait que je vis à son
col , et quelques explications que
j'obtins d'elle , me confirmèrent
qu'elle était votre épouse , combien je la plaignais d'être éloi-
gnée de vous ! Le regret qu'elle
en avait m'a prouvé que vous
étiez digne d'être mon ami !...
Je m'attachai singulièrement à votre épouse qui me parut très aimable. Le besoin de lui vendre de
petits ouvrages, m'amenait assez
souvent chez elle. J'appris , il y

a quelques jours, que votre père
avait été arrêté comme *suspect*,
je connaissais trop les conséquences
de ce mot terrible pour ne pas
concevoir les plus vives inquiétudes. J'engageai votre épouse à
quitter son logement pour venir
partager le nôtre, où elle aurait
trouvé un peu de tranquillité, malheureusement elle se refusa à mes
instances et deux jours après elle
fut aussi arrêtée. Je n'hésitai pas long-
tems sur ce que j'avais à faire
dans une conjoncture aussi triste ;
à l'aide du déguisement de frui-
tière, je parvins à entrer assez
souvent au Luxembourg, la grande
difficulté était de découvrir la
chambre de mes prisonniers ;
pour faciliter s'il était possible leur
évasion ; je réussis à parvenir à
la chambre qu'ils habitaient avec
trois autres personnes, j'examinai
le terrein et dreissai mon plan en-

conséquence; ce qui me désespérait,
c'est que je ne pouvais absolument
sauver que quatre personnes, puisqu'il fallait qu'il en restât une dans
l'intérieur pour faciliter l'évasion des
autres; le choix de celui qui devait
se sacrifier était d'autant plus em-
barassant, que son péril doublait,
parcequ'il serait soupçonné d'avoir
favorisé la fuite des autres. La mort
paraissait d'autant plus inévitable,
que les prisonniers de cette chambre
devaient paraître au tribunal révolutionnaire à trois jours delà; heureusement que la générosité d'un
honnête ecclésiastique, qui faisait
partie de cette chambre, leva cet
obstacle : je suis un être isolé, nous
dit-il; il est juste que je me dé-
voue ; trop heureux si le sacrifice
de ma vie peut servir à la conservation de la vôtre. Notre projet
réussit audelà de nos vœux ; et j'ai
eu le bonheur inexprimable d'arra-

cher votre père et votre épouse
au sort malheureux qui les attendait ; je les ai amenés dans notre
humble demeure , mais je crains
qu'il n'y soient pas long-tems en
sûreté , et je désirerais vivement
que vous fussiez ici, pour prendre
les mesures nécessaires à leur tranquillité ; je crains qu'il ne vous soit
arrivé quelqu'accident, car d'après
ce que m'a dit M^e. de Solignac vous
devriez être déjà ici ; une habitation
mal saine et la frayeur sont les
seules causes de l'indisposition de
mes prisonniers. M^e. de Solignac est
charmante , et si je pouvais être
son amie je ferais tout au monde
pour y parvenir, nos positions res-
pectives rendent ce désir impossible
à satisfaire ; elle ignore qui nous
sommes, et n'a aucun soupçon des
rapports qui ont existé entre nous,
gardez-vous de les lui laisser jamais connaître. Combien je me

trouve heureuse d'avoir pu vous être utile ! De pareilles jouissances font oublier un siècle de peines ; hâtez-vous de venir, et soyez sûr de l'amitié d'

ELIZA.

LETTRE LXVIII.

Réponse de Solignac.

JE pars dans l'instant, pour vous rejoindre, mon ange tutélaire ; le devoir, l'amitié, la reconnaissance et l'amour me commandent également ce voyage. Je ne prévoyais guères que la bizarrerie des évènemens me procurerait une aussi douce jouissance, après m'avoir fait éprouver tant de chagrins. Oh, mon Eliza, vous voir encore et mourir ... mais, non, je me dois à ma femme qui m'aime sincèrement et avec confiance : je ne suis point étonné du plaisir que vous avez trouvé à lui rendre service ; tous les sentimens héroïques ne sont-ils pas naturels à mon amie ? comment vous exprimer ce que je

sens

sens le devoir, et votre volonté en-
chaînant ma langue, obligé de con-
centrer tout ce que j'éprouve, la
contrainte que je m'impose est trop
pénible pour que je puisse la soutenir long-tems ; j'aime mieux me
taire, et vous dire adieu, que d'exciter votre mécontentement, en me
livrant aux sentimens que vous seule
avez su m'inspirer, et que je n'éprouverai jamais que pour vous.

SOLIGNAC.

~~~~~~

LETTRE LXIX.

Solignac à M°. de Solignac.

JE viens de recevoir, ma chère amie,
le détail des dangers que tu as couru
ainsi que mon père ; c'est un ange
qui vous a préservés ; nous lui devons la reconnaissance la plus étendue ; combien je la trouve généreuse
celle qui au péril de sa vie, est
parvenue à sauver la tienne ! je ne
doute pas que tu ne sentes comme
moi tout le prix d'une telle action,
la vertu est si rare à présent, que
sa rencontre fait oublier bien des
crimes ; c'est un miracle que vous
ayez pu échapper à un péril si émi-
nent. J'aurais déjà été te joindre,
chère amie, sans une luxation très
forte que je me suis faite au pied,

cependant je pars sur le champ pour
aller moi-même pourvoir à ta sûreté et travailler efficacement à la
radiation de mon père. Aujourd'hui
je ne t'écris que pour te féliciter de
tou heureuse délivrance, je me fais
une vraie fête de voir ta libératrice
assure-la de ma reconnaissance, et
crois à mon attachement.

SOLIGNAC.

~~~~~~

LETTRE LXX.

Solignac à Du Roset.

Cʼest de Paris, mon cher Du Roset, que je tʼécris, la date de ma lettre ne te surprendra pas, puisque tu savais que je devais y aller, mais lʼévènement qui mʼa fait presser mon voyage aura droit de tʼétonner. Par un hasard fort singulier, ma femme a fait la connaissance dʼEliza ; elle lui doit la vie, ainsi que mon père, car ayant été arrêtés tous deux, cette généreuse amie est parvenue, au péril de sa vie, à les faire évader. Je lʼai vu cette angélique amie, quelque soit lʼempire quʼelle prenne sur elle-même, sa rougeur et son embarras, lorsqu'elle m'a vu, m'ont appris combien je lui étais encore cher. M'étant trouvé tête-à-tête avec elle, je me suis livré à des discours trop passionnés, peut-être; mais quel homme aurait pu résister à l'influence de la vertu, lorsque prenant ma main et la posant avec vivacité sur son cœur: Solignac, me dit-elle, je vous ai toujours estimé et aimé, mais c'est parceque je vous en crois digne, si malheureusement vous me prouviez le contraire, amour, estime, amitié, seraient bientôt anéantis; songez toujours que votre femme est digne de vos hommages, et surtout n'oubliez jamais que je ne suis plus que votre amie. Puis sentant quelques larmes mouiller ses paupières, elle a changé de conversation sur le champ, m'a parlé, de l'air le plus tranquille, de mes voyages, de mes malheurs, de mes projets. ô, mon ami, cette femme est adorable, que ne m'est-il encore permis de l'adorer !

SOLIGNAC.

LETTRE LXXI.

Eliza à madame de Florzel.

QUELLES sinistres pensées s'élèvent dans mon ame ! Pourrai-je faire parvenir ces dernières expressions d'amitié à celle qui m'en a témoigné une si généreuse ! Quelle consolation serait pour moi cette certitude ! . . . Quel dédommagement laisserai-je à la plus infortunée des mères ? celui d'avoir toujours bien vécu. Un ancien romain légua sa fille à son ami, en l'estimant assez pour la charger de pourvoir à sa dot ; ah, madame, je vous lègue ma mère, qu'elle retrouve en vous la fille qui l'aimait si tendrement, et que la hache homicide va lui enlever ! Je péris victime de l'honneur, que ce mot est rassurant !

Combien il adoucit l'amertume du trépas ! Si jamais mes dernières pensées vous parviennent, sachez aumoins quels sont les évènemens qui ont attiré le glaive sur ma tête ; je vous avais instruite du hasard qui m'avait fait connaître madame de Solignac, arrêtée ainsi que son beau-père, près d'être traduits l'un et l'autre au tribunal révolutionnaire, je fus assez heureuse pour sauver leur vie, en facilitant leur évasion. Apparemment que j'ai été dénoncée pour cette cause, car on m'a arrê-tée et conduite en prison ; la crainte de faire courir les mêmes risques à ma mère ainsi qu'à nos malheureux amis, m'a fait taire opiniâtrement ma demeure ; on est sansdoute dans les plus vives inquiétudes de ne pas me voir. O, ma mère, tu ignores que bientôt ta fille sera privée à jamais de tes tendres embrassemens ! Si tu partageais mes fers, ta main

bienfaisante

bienfaisante essuyerait mes larmes ;
mais seule, pour ainsi dire, dans
l'univers, le silence effrayant qui
m'environne n'est interrompu que
par les gémissemens des malheureux
qui m'avoisinent : le bruit des ver-
roux compose toute la mélodie qui
frappe mes oreilles, et je suis livrée
à mes tristes réflexions ! Ma mère,
toi dont la vieillesse respectable devrait émouvoir la pitié de ceux qui
t'ont enlevé ta fille, ah, n'attends
rien de nos farouches persécuteurs !
Puissent-ils ne faire tomber que sur
ma tête les effets de leur barbare
atrocité ! Quelque pénible que j'aie
trouvé l'existence, je ne pense pas
sans frémir, que demain, peut-être,
je quitterai mère, famille, amis !
Puissances du ciel soutenez assez
mon courage, pour que je me voie,
sans murmurer, au nombre des victimes que la mort est impatiente de
saisir ! O Robespierre ! Monstre abo-

minable, puisse ta chûte suivre de
près mon supplice ! Puisse l'exécration publique attirer sur ta tête les
foudres vengeresses que ton atrocité provoque à chaque instant ! Ma
fin serait moins douloureuse, si je
pouvais espérer que bientôt mon
pays saura briser ton sceptre ensan-
glanté. Je n'ai que vingt ans, et il
faut mourir !... Vieillards, adoles-
cens, princes, artisans, tout dispa-
raît également sous la faulx du tyran qui nous opprime. Dans ce
moment terrible pour le méchant,
où chaque individu est obligé de
descendre dans sa conscience pour
voir s'il a rempli la tâche qui lui
était imposée, qu'ai-je à me repro-
cher ? beaucoup de fautes et d'erreurs, mais jamais le crime ne vint
souiller ma pensée ni mon cœur ;
ah, je puis donc mourir tranquille...
Adieu, vous, dont la tendre et vive
amitié m'a soutenue tant de fois

contre l'influence des passions.....
Adieu pour toujours, aimable amie ;
dont les exemples et les conseils
m'ont toujours inspiré le goût de
la vertu, bientôt de celle qui vous
fut chère, il n'existera plus que le
souvenir, mais mon ombre errera
sans cesse autour de vous, elle re-
cueillera avec une avide satisfaction
les souvenirs que vous voudrez bien
me donner. J'espère que ma mère
échappera au glaive assassin, daignez la consoler, la protéger, et
lui faire parvenir mes tristes adieux.
Je compte sur votre amitié pour
me remplacer auprès de cette excellente mère, cette idée me fortifie et
m'encourage. Je vous quitte, madame, pour ne plus penser qu'à deux
choses : détachement absolu de la
vie, et confiance entière dans celui
qui peut d'un soufle renverser les
chênes, et soutenir les roseaux.

ELIZA.

LETTRE LXXII.

Eliza à sa mère.

LORSQUE vous lirez ces tristes caractères, ma chère maman, la main qui les aura tracés sera froide et inanimée, mon ame aura quitté sa dépouille mortelle pour se réfugier dans le sein de l'éternel. Je prévois votre douleur, elle centuple la mienne ; mais votre résignation aux ordres de la providence me fait espérer que vous saurez modérer vos regrets, et adorer avec soumission la main qui nous frappe. Un de mes chagrins les plus vifs, c'est de penser que j'ai pu altérer votre tranquillité par mes imprudences et ma vivacité ; que ne puis-je réparer ces fautes par le soin que je prendrais de votre bonheur !

je connais trop votre généreuse et
indulgente bonté pour ne pas emporter la certitude que vous m'accordez le pardon de tous les torts que
j'ai pu avoir; c'est une consolation
qui me rassure. Ah , puissiez-vous
encore goûter quelques momens de
félicité , et retrouver dans madame
de Florzel la fille qui meurt en ne
regrettant que vous!.... C'est le
dernier et le plus ardent des vœux
que forme l'infortunée

ELIZA.

LETTRE LXXIII.

Solignac à Duroset.

JE suis au désespoir, mon ami, depuis quelques jours Eliza est disparue, nul doute qu'elle ne soit tombée dans l'antre infernal où s'engloutissent la jeunesse et la beauté ! Sa mère est dans les plus vives alarmes, et ma raison s'égare quand je songe que le service qu'elle a rendu à ma femme est peut-être la cause de sa perte. Mes conjectures ne portent que sur des évènemens sinistres, et la prudence humaine enchaîne mes pas ! La sûreté d'un père, d'une épouse bornent mes démarches à quelques recherches infructueuses. D'un côté, j'ai le spectacle d'une mère dont le désespoir semble me redemander sa fille, de l'autre,

les regrets de ma femme qui s'accuse d'avoir fait périr une inno-
cente victime. Accablé de douleur,
et forcé d'imposer silence à mes
sentimens, de les déguiser sous le
masque d'un intérêt vague, cette
contrainte me tue, et je demande
au suprême dispensateur des événemens d'abréger mon existence,
si mon Eliza n'existe plus. Mes peines sont trop violentes pour que je
puisse les supporter ; mes traits
sont altérés, une fièvre ardente brûle
mon sang ! Je ne désire que de
connaître le sort d'Eliza, car j'ai
souvent éprouvé que l'attente du
mal est plus cruel que le mal même ;
Cependant... Dieu, si vous pro-
tégez la vertu, sauvez mon Eliza !
Adieu, mon ami.

SOLIGNAC.

LETTRE LXXIV.

Eliza à madame de Florzel.

JE respire , madame, et je suis libre ; il fallait pour que ces évènemens eussent lieu, que Dieu opérat un miracle, il l'a opéré. Robespierre n'est plus ; c'est vous dire que la France est sauvée ; le jour de sa mort je devais être immolée avec quarante autres victimes, et le jour fixé pour mon supplice est devenu celui de ma délivrance. Les détails de cette journée sont trop connus pour que je vous en fasse le récit ; mais ce dont il faut avoir été témoin pour le rendre, ce sont les diverses sensations de ceux qui devaient aller au supplice. Les uns regrettaient une femme, nne amie, d'autres des enfans ; jugez de notre étonnement, lorsqu'aulieu de nous apporter la mort, on est venu briser nos chaînes. Voyez les transports touchans des parens, des amis, de chaque victime ! Voyez surtout l'ivresse de ma bonne mère, lorsque je me suis retrouvée dans ses bras ! Je sens combien mes paroles rendent imparfaitement de semblables scènes, je laisse à votre sensibilité le soin de vous en faire une peinture fidèle. Venez partager notre bonheur, madame ; il ne saurait être complet, si l'amitié n'en est pas le témoin. Cependant comme il est impossible de goûter un bonheur sans nuages, je ne suis pas sans inquiétudes sur la santé de mon cousin Solignac, je l'ai trouvé bien changé ; l'altération de ses traits ne m'a que trop prouvé combien son ame avait souffert : en proie à une violente jaunisse, ses yeux éteints ne semblent se ranimer que pour m'exprimer la satisfaction qu'il a de me voir ; mais sa faiblesse est extrême , et si je ne savais que le bonheur est le meilleur remède , je ne serais pas sans allarmes sur les suites de cette maladie. Au moment où je jouis d'un peu de tranquillité , j'espère ne pas être privé d'un ami qui m'est si précieux. Adieu , madame ; désormais nous pourrons correspondre facilement , le génie de la liberté a enfin brisé les chaî- que la tyrannie avait osé forger ; des jours sereins luiront encore pour mon pays, et rien ne peut se comparer à la satisfaction que j'éprouve, si ce n'est la tendre amitié que je vous ai vouée.

ÉLIZA.

LETTRE LXXIV

Du Roset à Solignac.

T o n état m'inquiète et m'effraye
mon ami ; ne me laisseras-tu donc
jamais l'espoir de te trouver l'énergie qu'un homme doit opposer à la
peine ? Montre donc que tu es su-
périeur à l'infortune , et que ton
ame n'a pas été jettée dans un
moule ordinaire. Espérant que mon
activité et mes conseils te seraient
usiles, je m'étais mis en route pour
aller te joindre ; et c'est hier que
j'ai appris la mort de Robespierre :
Est-elle arrivée trop tard pour ton
repos ? Cest ce que je tremble d'é-
claircir. J'ose encore me flatter que
le sang froid , l'adresse et l'esprit
d'Eliza n'auront pas été des armes

inutiles coutre un tribunal de sang ;
mais quelque soit son sort, que madame de Solignac ne pénètre jamais
la cause de ta douleur, tu la ren-
drais malheureuse, et ce serait encore ajouter à tes regrets. Je suis
sûr qu'en me lisant, tu me suppo-
seras bien peu de senisbilité, puisque je puis calculer aussi froidement
les raisons qui doivent t'engager à
la modération ; mais quelque pénible que te paraisse la contrainte que
tu t'es imposée, elle est trop nécessaire pour qne l'amitié ne t'engage
pas à la continuer. Je serai auprès
de toi, aussitôt que ma lettre.

DUROSET.

LETTRE LXXV.

Madame de Florzel à Eliza.

Oui, ma bonne amie, je partage votre joie, et j'irai bientot vous présenter mon mari, qui a un vif désir de vous connaître, j'ai frémi sur le sort qui vous attendait ; et dont vous auriez été infailliblement victime, si la justice divine n'avait pas arrêté dans son cours la vie de l'atroce Robespierre. Nous avons éprouvé comme vous, les effets de l'incertitude ; lorsque cette nouvelle nous est parvenue ; instruits par la plus triste expérience à ne pas désirer un nouvel ordre de choses, chacun cherchait à découvrir dans les yeux de son voisin s'il devait s'affliger, ou se réjouir de cette mort! Enfin une lueur de tranquillité a permis à l'opinion de se manifester, et chacun en a profité.

Observez-vous, mon Eliza, lorsque vous êtes avec Solignac, les yeux d'une épouse sont clairvoyans, et quels seraient vos regrets, si après avoir si généreusement exposé votre vie pour sauver la sienne, vous empoisonniez les jours dont elle vous est redevable? Vous êtes capable de tout ce qui est grand, prenez assez sur vous pour dérober à tous les yeux les tendres sentimens que vous éprouvez encore, surtout qu'un séjour trop prolongé ne fasse pas échouer toutes vos bonnes résolutions; Solignac doit éprouver comme vous, combien la contrainte est pénible, il faut l'abréger, le repos de tous y est attaché. Vous parta-

gez trop bien les plaisirs de vos
amis, pour que je ne vous dise pas
la satisfaction que j'éprouve, de la
conduite de mon mari ! J'ai retrouvé
en lui l'amant empressé que j'adorai
toujours, même lorsqu'il était injuste
à mon égard ; quoique rien de ma
part ne puisse lui rappeller ses torts,
il semble qu'il s'en occupe toujours
et cette idée le rend attentif, et
jaloux de me les faire oublier ;
pour combler mon bonheur, j'ai
presque la certitude d'être mère ;
je le désire ardemment. Nous comp-
tons aller à Paris dans un mois ;
le désir de vous voir nous y ap-
pelle autant que nos affaires. J'ai
eu indirectement des nouvelles de
vos frères, ils sont en Amérique,
faisant assez bien leurs affaires, mais
très inquiets de votre position. Je
leur ai donné de vos nouvelles,
aussitôt votre dernière reçue, il
m'en aurait trop coûté de leur faire

partager mes allarmes avant cette
époque. Adieu, mon aimable Eliza,
je crois n'avoir pas besoin d'employer des phrases bien éloquentes
pour vous persuader de la joie que
j'ai à vous savoir hors de danger,
mille choses à votre bonne maman.

DE FLORZEL.

LETTRE

LETTRE LXXVI *et dernière*

Eliza à madame de Florzel.

Ah madame! toutes les épreuves
qui se sont réunies pour me déchi-
rer l'ame, n'étaient pas encore assez
fortes, il fallait pour mettre le comble
à mes maux, que mon ami me fut
enlevé, au moment où je le croyais
rendu à nos vœux, la mort l'impitoyable mort l'a moissonné ? Solignac n'est plus et j'existe encore ?
C'est la plus forte preuve de courage, que je puisse donner ! Solignac pour qui je me trouvais heureuse de sacrifier ma vie, Solignac
que la fureur des bourreaux avait
épargné, vient de finir sa carrière,
victime de l'inquiétude que ma dé-

tention lui avait causée. A son dernier moment, ses regards se sont tournés vers moi... il semblaient me dire : *je ne regrette la vie que pour toi.* O mon ami, si ma frêle machine te survit ce ne sera que l'enveloppe matérielle qui restera sur la terre ; mon ame toute entière te suit dans l'immortel séjour où nous serons réunis ! Désormais toute jouissance est anéantie pour moi ! je languirai dans cette vallée de larmes, puisqu'un devoir impérieux m'y retient ; toutes mes facultés morales m'abandonnent, je ne pouvais aimer que toi, tout a disparu pour la triste Eliza.

Je ne voyais dans cette mélancolie qui l'a conduit au tombeau qu'une indisposition passagère, qui céderait à la joie de notre réunion ? Ainsi le faible mortel qui ose fonder sur l'avenir de chimériques es-

pérances, est déçu dans tous ses calculs par les décrets immuables de
la providence ; jugez madame, de
l'horrible situation de mon ame ?
Forcée de prodiguer à l'épouse et
au père de l'infortuné Solignac, les
soins et les consolations que leur position exige, il faut que je concen-
tre mes peines, que je les voile sous
une feinte philosophie. Depuis que
ma sensibilité est développée elle a
fait mon suplice, la nature ne m'a-t-
elle donc prodigué la faculté d'aimer que pour faire mon tourment?
Ah madame, prenez pitié de la malheureuse Eliza, venez la rendre à la
raison, à elle - même ; mes forces
sont abattues, Je n'en ai plus que
pour sentir l'étendue de mes peines,
c'est à l'amitié à les adoucir je vous
attends avec toute l'impatience du
désir, la peinture que vous me faites
de votre bonheur, soulage un peu
mes douleurs il n'est plus de félicité

pour moi, mais je puis encore apprécier celle des autres. Adieu, madame, quels que soient les tourmens
qui me déchirent, je sens bien, en
vous écrivant, que mon ame est
encore capable d'aimer.

ELIZA.

CONCLUSION.

Pour la satisfaction des lecteurs, il sera peut-être utile de leur faire connaître le sort des principaux acteurs de cette histoire. Le tems qui efface tout, diminua la douleur d'Eliza, mais ne put l'anéantir ; elle ne trouva de ressources contre ses malheurs que dans la tendresse de sa mère.

Mᵉ. de Solignac après avoir donné des larmes amères à son mari, ne crut pouvoir mieux honorer sa mémoire qu'en s'unissant à l'ami qui lui fut le plus cher, Du Roset devint son époux et la rendit heureuse. Me. de Florzel fut heureuse épouse et bonne mère de famille. Beaunoir, répare ses étourderies par un travail

assidu et une conduite sage et prudente. Les fils de M^e. Alberti ont
obtenu des terres à défricher en
Amérique, et sont devenus bons
agriculteurs ; et cette respectable
mère vit pour faire oublier à sa
fille les chagrins qu'un caractère
trop impétueux et des passions brû-
lantes lui ont fait éprouver.

FIN.